世说新语译注

（刘宋）刘义庆 著
苏魂 译注

北京联合出版公司
Beijing United Publishing Co.,Ltd.

图书在版编目（CIP）数据

世说新语译注 /（刘宋）刘义庆著；苏魂译注．—北京：北京联合出版公司，2015.7（2023.8重印）

ISBN 978-7-5502-3942-5

Ⅰ.①世… Ⅱ.①刘… ②苏… Ⅲ.①笔记小说－中国－南朝时代②《世说新语》－译文③《世说新语》－注释
Ⅳ.①I242.1

中国版本图书馆CIP数据核字（2015）第143129号

世说新语译注

作　　者：（刘宋）刘义庆
译　　注：苏　魂
出 品 人：赵红仕
选题策划：梁明德　邵鹏军
责任编辑：王　巍
特约编辑：江　雪
封面设计：格林文化
版式设计：格林文化

北京联合出版公司出版
（北京市西城区德外大街83号楼9层　100088）
三河市华润印刷有限公司　新华书店经销
字数94千字　960毫米×640毫米　1/16　印张22.25
2015年9月第1版　2023年8月第3次印刷
ISBN 978-7-5502-3942-5
定价：52.00元

目录

前　言……………………………………………………1

德行第一……………………………………………………1
言语第二…………………………………………………… 13
政事第三…………………………………………………… 31
文学第四…………………………………………………… 41
方正第五…………………………………………………… 75
雅量第六…………………………………………………… 95
品藻第九……………………………………………………101
规箴第十……………………………………………………109
捷悟第十一…………………………………………………121
夙惠第十二…………………………………………………127
豪爽第十三…………………………………………………133
容止第十四…………………………………………………141
自新第十五…………………………………………………151

企羡第十六……157
伤逝第十七……163
栖逸第十八……173
贤媛第十九……181
术解第二十……195
巧艺第二十一……201
宠礼第二十二……207
任诞第二十三……211
简傲第二十四……235
排调第二十五……247
轻诋第二十六……267
假谲第二十七……279
黜免第二十八……287
俭啬第二十九……293
汰侈第三十……299
忿狷第三十一……307
谗险第三十二……313
尤悔第三十三……319
纰漏第三十四……329
惑溺第三十五……335
仇隙第三十六……341

前 言

谈《世说新语》，不能不从作者说起。

刘义庆（403—444）有一个显赫的身份：南朝宋开国皇帝刘裕的亲侄。因为他的叔叔临川王刘道规无子，就过继他为嗣，袭封临川王。史称刘义庆自幼聪敏过人，因此受到伯父刘裕的赏识。刘裕曾夸奖说："此我家之丰城也。"被十分看重的刘义庆，十七岁即升至尚书左仆射（相当于副宰相）。但是他的大好前程，因为刘裕死后局势开始变得险恶而晦暗起来。太子刘义符于422年继位，因游戏无度，两年之后即被辅政大臣徐羡之等人废黜，迎立刘裕的第三子、荆州刺史刘义隆。刘义隆深沉有谋略，但好猜忌，即位刚刚两年就杀了拥立他的辅政大臣徐羡之等，但因自身多病，就委托弟弟彭城王刘义康来替自己执政。结果刘义康专擅朝权，势倾天下。刘义庆大概看出风头不大对，便在432年即他二十九岁时请求外调当地方官。果然，440年刘义隆杀了刘义康的亲信领军将军刘湛等人，把刘义康贬出了都城。在外地任职的刘义庆大概是因为替刘义康说了几句话而触怒了皇帝，被责调回京——可能含着就近监视的意味。这么推论的一个依据是，他在被责调回京之后即不务正业，整天和一帮文人、和尚在一起喝酒赋诗，同时开始编撰《世说新语》。这本书里记载了汉魏至东晋时期士族阶层的言谈、轶事，这种内容和时局、政治无关痛痒，属于养花弄草闲扯淡之类，这不是避祸还是什么？史书上说，刘义庆一生历任要职，政绩却乏善可陈，最重要的就是他不愿意卷入刘宋皇室的权力之争。这种说法不无道理——刘裕共有七个儿子，除了衡阳文王刘义季善终，其余六个都死于非命。可见权力之争的激烈。不过却也因此给后世留下了这本脍炙人口的笔记小说。你说这是幸还是不幸？

《世说新语》从德行、言语、政事、文学、方正、雅量、识鉴、赏誉等 36 个方面来反映魏晋时期士族的思想、生活尤其是清谈放诞的风气。鲁迅指出："汉末政治黑暗，一般名士议论政事，其初在社会上很有势力，后来遭执政者之嫉视，渐渐被害，如孔融、祢衡等都被曹操设法害死，所以到了晋代底名士，就不敢再议论政事，而一变为专谈玄理；清议而不谈政事，这就成了所谓清谈了。"身处艰险环境的刘义庆很容易与这种风气产生共鸣，因此他是抱着欣赏的态度来反映"魏晋风流"的。而且，这本书在艺术上也有着较高的成就："记言则玄远冷隽，记行则高简瑰奇"（鲁迅《中国小说史略》）。它对人物的描写有的重在形貌，有的重在才学，有的重在心理，但都集中到一点，就是重在表现人物的特点，通过独特的言谈举止写出独特人物的独特性格，使之气韵生动、活灵活现、跃然纸上。不过如果仅此而已，我想这本书也不会对后世产生这么大的影响；也就是说，如果没有刘孝标的注，《世说新语》的价值将大打折扣。注里涉及各类人物一千五百多个，汉末魏晋时期主要的人物，包括帝王、将相乃至隐士、僧侣，几乎一网打尽。刘义庆的实录有文学的浪漫，刘孝标的注则有史学的严谨，两者相得益彰，铸就了这本名著。

《世说新语》在宋代以后流传的刻本，主要是淳熙十五年陆游刻本和淳熙十六年湘中刻本。另有绍兴八年的董弅刻本。余嘉锡先生认为："三种宋刻本，以第一种董弅本最佳。"这是很接近刘孝标原注本的一个刻本。本书即参照余嘉锡先生的《世说新语笺疏》（中华书局，1983 年 8 月）做出，并参考了人民文学出版社蒋凡、李笑野、白振奎的评注本。在此，谨向以上诸位先生深致谢意。因本书为节选本，未得原书全貌，而刘孝标的原注循例不译，不当之处，请读者朋友批评指正。

苏魂

2013 年 4 月

德行第一

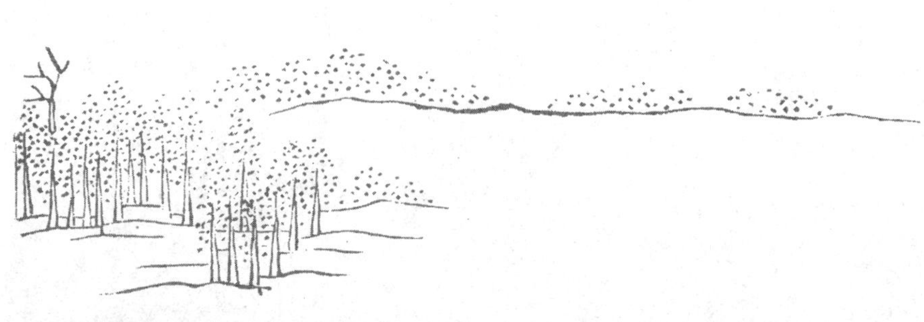

一

陈仲举言为士则，行为世范，登车揽辔，有澄清天下之志。(《汝南先贤传》曰：陈蕃字仲举，汝南平舆人。有室荒芜不扫除，曰：大丈夫当为国家扫天下。值汉桓之末，阉竖用事，外戚豪横，及拜太傅，与大将军窦武谋诛宦官，反为所害。)为豫章太守，(《海内先贤传》曰：蕃为尚书，以忠正忤贵戚，不得在台，迁豫章太守。)至便问徐孺子所在，欲先看之。(谢承《后汉书》曰：徐稚字孺子，豫章南昌人。清妙高跱，超世绝俗。前后为诸公所辟，虽不就，及其死，万里赴吊。常豫炙鸡一只，以绵渍酒中，曝干以裹鸡，径到所赴冢隧外，以水渍绵，斗米饭，白茅为藉，以鸡置前。酹酒毕，留谒即去，不见丧主。)主簿白[①]：群情欲府君先入廨[②]。陈曰：武王式商容之闾[③]，席不暇暖。(许叔重曰：商容，殷之贤人，老子师也。车上跽曰式。)吾之礼贤，有何不可？(袁宏《汉纪》曰：蕃在豫章，为稚独设一榻，去则悬之。见礼如此。)

注释

①主簿：汉代各级官府中办理事务的官员。

②府君：汉代对太守的尊称。

③式：同“轼”，车上横木，即伏手板。古人在车

上以手扶伏手板表示敬意。

译文

陈仲举的言谈是士人的准则，行为是世人的楷模，上车手揽缰绳，有平定天下的气概。他任豫章太守，到任便问徐孺子在哪儿，要先去拜访。主簿说："大家希望府君先进官署。"陈仲举说："周武王为了向商容表示敬意，来不及坐暖席子。我礼敬贤人，有什么不可以呢？"

四

李元礼风格秀整，高自标持，欲以天下名教是非为己任[①]。（薛莹《后汉书》曰：李膺字元礼，颍川襄城人。抗志清妙，有文武俊才。迁司隶校尉，为党事自杀。）后进之士，有升其堂者，皆以为登龙门。（《三秦记》曰：龙门，一名河津，去长安九百里。水悬绝，龟鱼之属莫能上，上则化为龙矣。）

注释

①名教：指封建社会的等级名分和礼教。

译文

李元礼的人格高雅而端肃，非常清高，想以匡正天下名教的是非为己任。仕途上的后辈晚生们如能攀上他的关系，都认为是“登龙门”。

九

荀巨伯远看友人疾，(《荀氏家传》曰：巨伯，汉桓帝时人也，亦出颍川，未详其始末。)值胡贼攻郡[①]，友人语巨伯曰：吾今死矣，子可去。巨伯曰：远来相视，子令吾去。败义以求生，岂荀巨伯所行邪？贼既至，谓巨伯曰：大军至，一郡尽空，汝何男子而敢独止？巨伯曰：友人有疾，不忍委之，宁以我身代友人命。贼相谓曰：我辈无义之人，而入有义之国。遂班军而还，一郡并获全。

注释

①胡：我国古代对西北部少数民族的统称。秦汉时多指匈奴。

译文

荀巨伯长途跋涉来探朋友的病，正赶上胡寇攻城。朋友对荀巨伯说：“我不行了，你快走吧。”荀巨伯说：“我老远地来看你，你却让我走。为了求生而败坏道义，是我荀巨伯能干的么？”胡寇攻进来后，问荀巨伯：“我们大军一到，全城人都跑光了，你是什么人，敢独自留在这儿？”荀巨伯说：“朋友有病，不忍心抛弃他。我愿代朋友一死。”胡寇相互议论道：“我们这些不讲道义的人侵入了讲道义的国家。”于是收兵撤回，全城因而得以保全。

十

华歆遇子弟甚整，虽闲室之内，严若朝典。(《魏志》曰：歆字子鱼，平原高唐人。《魏略》曰：灵帝时与北海邴原、管宁俱游学相善，时号三人为一龙。谓歆为龙头，宁为龙腹，原为龙尾。）陈元方兄弟恣柔爱之道[①]。而二门之里，两不失雍熙之轨焉。

注释

①陈元方兄弟：陈纪、陈谌。《后汉书·陈寔传》："有六子，纪、谌最贤。纪字元方，亦以至德称。兄弟孝养，闺门雍和。"

译文

华歆对晚辈很严格，即便在家里，也规矩得像奉守着朝廷典礼；陈元方兄弟以温和友爱治家。但在家庭之内，这两家都不失雍容平和的气氛。

十一

管宁、华歆共园中锄菜[①]，(《傅子》曰：宁字幼安，北海朱虚人，齐相管仲之后也。)见地有片金。管挥锄与瓦石不异，华捉而掷去之。又尝同席读书，有乘轩冕过门者。宁读如故，歆废书出看。宁割席分坐曰：子非吾友也。(《魏略》曰：宁少恬静，常笑邴原、华子鱼有仕宦意。及歆为司徒，上书让宁。宁闻之笑曰：子鱼本欲作老吏，故荣之耳。)

注释

①华歆：见十条刘注。

译文

管宁、华歆一起在园里锄菜，看见地上有个钱币。管宁照旧挥锄，与见了瓦块石头没什么两样；华歆捡起来又丢掉了。两人又曾一起读书，有一高官乘华车路过门前。管宁照旧读书，华歆扔下书出去看。管宁把坐席分开来坐，说："你不是我的朋友。"

十二

王朗每以识度推华歆[①]。(《魏书》曰：朗字景兴，东海郯人，魏司徒。）歆蜡日（《礼记》曰：天子大蜡八，伊耆氏始为蜡。蜡，索也。岁十二月，合聚百物而索飨之。《五经要义》曰：三代名腊：夏曰嘉平，殷曰清祀，周曰大蜡，总谓之腊。晋博士张亮议曰：蜡者，合聚万物索飨之，岁终休老息民也。腊者，祭宗庙五祀。《传》曰：腊，接也。祭则新故交接也。秦汉以来，腊之明日为祝岁，古之遗语也。）尝集子侄燕饮，王亦学之。有人向张华说此事，张曰：王之学华，皆是形骸之外，去之所以更远。（王隐《晋书》曰：张华字茂先，范阳人也。累迁司空，而为赵王伦所害。）

注释

①华歆：见十条刘注。

译文

王朗时常推崇华歆的见识、气度。华歆在蜡祭那天召集子孙们宴会，王朗也照着做。有人和张华说起此事，张华说："王朗学华歆，只学表面形式的东西，所以越学越不像。"

十三

华歆、王朗俱乘船避难[①]。有一人欲依附，歆辄难之。朗曰：幸尚宽，何为不可？后贼追至，王欲舍所携人，歆曰：本所以疑，正为此耳。既已纳其自托，宁可以急相弃邪？遂携拯如初。世以此定华、王之优劣。（华峤《谱叙》曰：歆为下邽令，汉室方乱，乃与同志士郑太等六七人避世。自武关出，道遇一丈夫独行，愿得与俱。皆哀许之，歆独曰：不可。今在危险中，祸福患害，义犹一也。今无故受之，不知其义。若有进退，可中弃乎？众不忍，卒与俱行。此丈夫中道堕井，皆欲弃之。歆乃曰：已与俱矣，弃之不义。卒共还，出之而后别。）

注释

①华歆、王朗：分别见十条、十二条刘注。

译文

华歆和王朗一起乘船逃难，有一个人要搭船。华歆不同意，王朗说："好在船还宽敞，为什么不可以搭呢？"后来敌兵追来了，王朗想抛弃搭船人。华歆说："刚才我不答应，正是怕有这种事。这人既然把自己托付给了我们，怎好在危急中抛弃他呢？"于是还同开始时一样对待他。世人便以这件事来评定华歆、王朗的优劣高下。

十四

王祥事后母朱夫人甚谨。（《晋诸公赞》曰：祥字休征，琅邪临沂人。《祥世家》曰：祥父融，娶高平薛氏，生祥。继室以庐江朱氏，生览。《晋阳秋》曰：后母数谮祥，屡以非理使祥，弟览辄与祥俱。又虐使祥妇，览妻亦趋而共之。母患，方盛寒冰冻，母欲生鱼。祥解衣将剖冰求之，会有处冰小解，鱼出。萧广济《孝子传》曰：祥后母忽欲黄雀炙，祥念难卒致，须臾有数十黄雀飞入其幕。母之所须，必自奔走，无不得焉。其诚至如此。）家有一李树，结子殊好，母恒使守之。时风雨忽至，祥抱树而泣。（萧广济《孝子传》曰：祥后母庭中有李，始结子，使祥昼视鸟雀，夜则趋鼠。一夜，风雨大至，祥抱泣至晓，母见之恻然。）祥尝在别床眠，母自往暗斫之。值祥私起，空斫得被。既还，知母憾之不已，因跪前请死。母于是感悟，爱之如己子。（虞预《晋书》曰：祥以后母故，陵迟不仕。年向六十，刺史吕虔檄为别驾。时人歌之曰：海沂之康，实赖王祥。邦国不空，别驾之功。累迁太保。）

译文

王祥侍奉后母朱夫人极勤谨。家里有一棵李树，结的李子很好吃，后母常叫他看树。一天忽然刮风下雨，王祥抱树而哭。王祥曾在另一床上睡觉，后母悄悄地去杀他。恰好王祥出去小便，后母白砍了一顿被子。王祥回来，知道后母恨他不已，便跪到后母面前请求杀了自己。后母因此而感悟，像爱护亲生儿子般爱护他。

十六

王戎云[①]：与嵇康居二十年，未尝见其喜愠之色。（《康集叙》曰：康字叔夜，谯国铚人。王隐《晋书》曰：嵇本姓溪，其先避怨徙上虞，移谯国铚县。以出自会稽，取国一支，音同本奚焉。虞预《晋书》曰：铚有嵇山，家于其侧，因氏焉。《康别传》曰：康性含垢藏瑕，爱恶不争于怀，喜怒不寄于颜。所知王濬冲在襄城，面数百，未尝见其疾声朱颜。此亦方中之美范，人伦之胜业也。《文章叙录》曰：康以魏长乐亭主婿迁郎中，拜中散大夫。）

注释

①王戎：为王祥族孙。

译文

王戎说："和嵇康相处了二十年，未曾见他喜怒形于色。"

二十一

王戎父浑有令名，官至凉州刺史。（《世语》曰：浑字长源，有才望。历尚书、凉州刺史。）浑薨，所历九郡义故怀其德惠，相率致赙数百万[①]，戎悉不受。（虞预《晋书》曰：戎由是显名。）

注释

①赙：用财物帮别人办丧事。

译文

王戎之父王浑有声誉，任官至凉州刺史。王浑去世，他先后任官的九郡中的亲朋故旧感念他的恩德，相继送来数百万治丧费。王戎一概不要。

言语第二

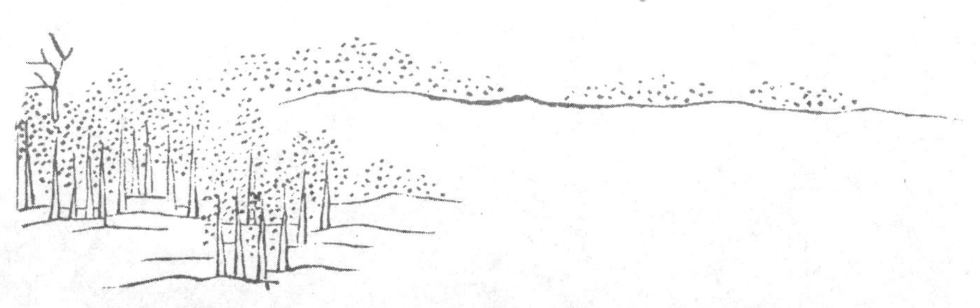

一

边文礼见袁奉高[①]，（闳也）失次序。（《文士传》曰：边让字文礼，陈留人，才俊辩逸。大将军何进闻其名，召署令史，以礼见之。让占对闲雅，声气如流，坐客皆慕之。让出就曹，时孔融、王朗等并前为掾，共书刺从让。让平衡与交接。后为九江太守，为魏武帝所杀。）奉高曰：昔尧聘许由，面无怍色。（皇甫谧曰：由字武仲，阳城槐里人也。尧舜皆师而学事焉。后隐于沛泽之中，尧乃致天下而让焉。由为人据义履方，邪席不坐，邪膳不食，闻尧让而去。其友巢父闻由为尧所让，以为污己，乃临池洗耳。池主怒曰：何以污我水？由于是遁耕于中岳颍水之阳，箕山之下，终身无经天下色。死葬箕山之巅，在阳城之南十里。尧因就其墓，号曰箕山公神，以配食五岳，世世奉祀，至今不绝也。）先生何为颠倒衣裳[②]？文礼答曰：明府初临[③]，尧德未彰，是以贱民颠倒衣裳耳。（按，袁闳卒于太尉掾，未尝为汝南，斯说谬矣。）

注释

①袁奉高：即袁阆，原注把“阆”误为“闳”。特于译本中改正过来。

②颠倒衣裳：典出《诗·齐风·东方未明》：“东方未明，颠倒衣裳。”此处形容慌乱。

③明府：对太守的尊称。

译文

边让拜见袁阆时手足无措。袁阆说："昔时尧帝礼请许由，许由连脸色也不变。先生怎么这样慌乱？"边让答道："明府刚到任，还没有显现出像尧帝那样的德行来，所以小民这么慌乱。"

三

孔文举（融也。）年十岁，随父到洛。时李元礼有盛名[①]，为司隶校尉[②]，诣门者皆俊才清称及中表亲戚乃通。文举至门，谓吏曰：我是李府君亲。既通，前坐。元礼问曰：君与仆有何亲？对曰：昔先君仲尼与君先人伯阳[③]，有师资之尊，是仆与君奕世为通好也。元礼及宾客莫不奇之。太中大夫陈韪后至[④]，人以其语语之。韪曰：小时了了，大未必佳。文举曰：想君小时必当了了。韪大踧踖。（《续汉书》曰：孔融字文举，鲁国人，孔子二十四世孙也。高祖父尚，钜鹿太守。父宙，泰山都尉。《融别传》曰：融四岁与兄食梨，辄引小者。人问其故，答曰：小儿法当取小者。年十岁随父诣京师，河南尹李膺有重名，融欲观其为人，遂造之。膺问：高明父祖尝与仆周旋乎？融曰：然。先君孔子与君先人李老君同德比义，而相师友，则融与君累世通家也。

众坐莫不叹息。佥曰：异童子也。太中大夫陈韪后至，同坐以告。韪曰：人小时了了者，长大未必能奇。融应声曰：即如所言，君之幼时岂实慧乎？膺大笑，顾谓融曰：长大必为伟器。）

注释

①李元礼：李膺，见《德行》四条刘注。

②司隶校尉：掌纠察京师百官及所辖附近各郡，相当于州刺史。

③仲尼：孔子的字。伯阳：老子的字。

④太中大夫：官名，秦时置，掌议论。

译文

孔文举十岁时随父到洛阳。当时李元礼名声很大，任司隶校尉，凡登门拜访，有才华、有名望者以及中表亲戚才得以通报进见。孔文举到了门前，对门吏说："我是李府君的亲戚。"通报之后，孔文举进门坐下。李元礼问："你和我有什么亲戚关系？"孔文举答："昔时我先人仲尼和您的先人伯阳互为老师，因此我与您代代是世交。"李元礼和客人们听了，无不感到惊奇。太中大夫陈韪后到，别人把孔文举的话转告给他，他说："小时候聪明，长大了未必聪明。"孔文举说："想来您小时候肯定聪明。"陈韪听了极为尴尬。

五

孔融被收[①]，中外惶怖。时融儿大者九岁，小者八岁，二儿故琢钉戏[②]，了无遽容。融谓使者曰：冀罪止于身，二儿可得全不？儿徐进曰：大人岂见覆巢之下，复有完卵乎？寻亦收至。（《魏氏春秋》曰：融对孙权使有讪谤之言，坐弃市。二子方八岁、九岁，融见收，奕棋端坐不起。左右曰：而父见执。二子曰：安有巢覆而卵不破者哉？遂俱见杀。《世语》曰：魏太祖以岁俭禁酒，融谓酒以成礼，不宜禁。由是惑众，太祖收置法焉。二子龆龀见收，顾谓二子曰：何以不辟？二子曰：父尚如此，复何所辟？裴松之以为《世语》云融儿不辟，知必俱死，犹差可安。孙盛之言，诚所未譬。八岁小儿，能悬了祸患，聪明特达，卓然既远，则其忧乐之情，固亦有过成人矣。安有见父被执而无变容，奕棋不起，若在暇豫者乎？昔申生就命，言不忘父，不以己之将死而废念父之情也。父安尚犹若兹，而况颠沛哉？盛以此为美谈，无乃贼夫人之子与？盖由好奇情多，而不知言之伤理也。）

注释

①孔融：见三条刘注。

②琢钉：古时儿童用小钉琢地的游戏。

译文

孔融被捕，内外惶惶不安。当时孔融的孩子大的九岁，小的八岁，仍在玩琢钉游戏，一点儿也没有害怕的样子。孔融对使者说："希望由我一人抵罪，这样两个孩子可以保全么？"孩子缓缓地说："父亲可曾见过坍塌的鸟巢中，鸟蛋还会完好无恙吗？"不久，两个孩子也被捕去了。

六

颍川太守髡陈仲弓[①]。（按寔之在乡里，州郡有疑狱不能决者，皆将诣寔。或到而情首，或中途改辞，或托狂悖，皆曰：宁为刑戮所苦，不为陈君所非。岂有盛德感人若斯之甚，而不自卫，反招刑辟，殆不然乎？此所谓东野之言耳。）客有问元方[②]：府君何如？元方曰：高明之君也。足下家君何如？曰：忠臣孝子也。客曰：《易》称二人同心，其利断金。同心之言，其臭如兰。（王廙注《系辞》曰：金至坚矣，同心者其利无不入。兰芳物也，无不乐者。言其同心者物无不乐也。）何有高明之君而刑忠臣孝子者乎？元方曰：足下言何其谬也？故不相答。客曰：足下但因伛为恭不能答。元方曰：昔高宗放孝子孝己[③]，（《帝王世纪》曰：殷高宗武丁有贤子孝己，其母蚤死，高宗惑后妻之言，放之而死，天下哀之。）尹吉甫放孝子伯奇[④]，（《琴操》曰：尹吉甫，周卿也，有子伯奇。母死更娶后妻，生子曰伯邽，乃谮伯奇于吉甫。于是放伯奇于野。宣王出游，吉甫从。伯奇乃作歌，以言感之。宣王闻之曰：此孝子之辞也。吉甫乃求伯奇于野，而射杀后妻。）董仲舒放孝子符起[⑤]。（未详。）唯此三君，高明之君。唯此三子，忠臣孝子。客惭而退。

注释

①髡：古时的一种刑罚，剃去男子的头发。陈仲弓：陈寔。

②元方：陈纪。

③高宗：即武丁，殷王，盘庚弟小乙之子。盘庚死后，国势衰落。武丁继位，勤修政事，又趋强盛。

④尹吉甫：姓兮，名甲，周宣王时重臣。

⑤董仲舒：西汉人，历景帝、武帝两朝，推崇儒术，罢黜百家，开后代以儒学为正统的局面。

译文

颍川太守处陈仲弓髡刑。某人问陈元方："太守是怎样的人？"元方答："是很高明的人。"某人问："您的父亲是怎样的人？"元方答："是忠臣孝子。"某人说："《易经》中说：两人同心，所向无敌；同心的话，如兰之清馨。哪有高明的官长加刑于忠臣孝子的道理？"元方说："阁下的话荒谬之极，所以我不回答你。”某人说：“你不过是以驼背装恭敬，不能回答罢了。”元方说：“古时殷高宗流放孝子孝己，尹吉甫流放孝子伯奇，董仲舒流放孝子符起。这三位长辈，都是高明的君子；这三位晚辈，都是忠臣孝子。”某人惭愧地离去了。

八

祢衡被魏武谪为鼓吏[①]。正月半试鼓，衡扬桴为《渔阳掺挝》[②]，渊渊有金石声[③]，四坐为之改容。(《典略》曰：衡字正平，平原般人也。《文士传》曰：衡不知先所出，逸才飘举。少与孔融作尔汝之交，时衡未满二十，融已五十。敬衡才秀，共结殷勤，不能相违。以建安初北游，或劝其诣京师贵游者，衡怀一刺，遂至漫灭，竟无所诣。融数与武帝笺，称其才，帝倾心欲见。衡称疾不肯往，而数有言论。帝甚忿之，以其才名不杀，图欲辱之，乃令录为鼓吏。后至八月朝会，大阅试鼓节，作三重阁，列坐宾客。以帛绢制衣，作一岑牟、一单绞及小裈。鼓吏度者，皆当脱其故衣，著此新衣。次传衡，衡击鼓为《渔阳掺挝》，蹋地来前，蹑驭脚足，容态不常，鼓声甚悲，音节殊妙。坐客莫不慷慨，知必衡也。既度，不肯易衣。吏呵之曰：鼓吏何独不易服？衡便止。当武帝前，先脱裈，次脱余衣，裸身而立。徐徐乃著岑牟，次著单绞，后乃著裈。毕，复击鼓掺挝而去，颜色无怍。

武帝笑谓四坐曰：本欲辱衡，衡反辱孤。至今有《渔阳掺挝》，自衡造也。为黄祖所杀。）孔融曰：祢衡罪同胥靡④，不能发明王之梦⑤。（皇甫谧《帝王世纪》曰：武丁梦天赐己贤人，使百工写其象，求诸天下。见筑者胥靡，衣褐于傅岩之野，是谓傅说。张晏曰：胥靡，刑名。胥，相也；靡，从也。谓相从坐轻刑也。）魏武惭而赦之。

注释

①参见《三国演义》第二十三回故事。魏武，即曹操。

②《渔阳掺挝》：鼓曲名。

③渊渊：鼓声。

④胥靡：罪犯。此指殷王武丁时的贤臣傅说。

⑤不能发明王之梦：意为不能使曹操像武丁一样做天赐贤人的梦，也即祢衡不能为操所用。明王，对曹操的尊称。

译文

祢衡被曹操贬为鼓吏。正月十五试鼓时，祢衡扬起鼓槌敲了一曲《渔阳掺挝》，咚咚的鼓声有如金铁交鸣，满座的人听得变了脸色。孔融说："祢衡和傅说一样犯了罪，但他不能使您圆了得贤人的梦。"曹操惭愧地赦免了他。

十一

钟毓、钟会少有令誉。(《魏书》曰：毓字稚叔，颍川长社人，相国繇长子也。年十四为散骑侍郎，机捷谈笑有父风，仕至车骑将军。) 年十三，魏文帝闻之①，语其父钟繇 (《魏志》曰:繇字元常,家贫好学,为《周易》《老子》训。历大理、相国，迁太傅。) 曰:可令二子来。于是敕见。毓面有汗，帝曰：卿面何以汗? 毓对曰：战战惶惶，汗出如浆。复问会：卿何以不汗? 对曰：战战栗栗，汗不敢出。

注释

①魏文帝：曹丕。

译文

钟毓、钟会小时候即有声誉。十三岁时，魏文帝听说了，便对他们的父亲钟繇说:“叫你的两个儿子来。”在皇帝召见时，钟毓脸上流汗。皇帝说:“你为什么出汗?”钟毓回答:“我战战惶惶，汗出如浆。”皇帝又问钟会:“你为什么不出汗?”钟会答:“我战战栗栗，汗不敢出。”

二十三

诸名士共至洛水戏[①]。(《竹林七贤论》曰：王济诸人尝至洛水解禊事。明日，或问济曰：昨游，有何语议？济云云。) 还，乐令（广也。）问王夷甫曰[②]：今日戏乐乎？（虞预《晋书》曰：王衍字夷甫，琅邪临沂人，司徒戎从弟。父乂，平北将军。夷甫蚤知名，以清虚通理称，仕至太尉，为石勒所害。）王曰：裴仆射善谈名理[③]，混混有雅致。(《晋惠帝起居注》曰：裴頠字逸民，河东闻喜人，司空秀之少子也。《冀州记》曰：頠弘济有清识，稽古善言名理。履行高整，自少知名。历侍中、尚书左仆射，为赵王伦所害。) 张茂先论《史》《汉》，靡靡可听。(《晋阳秋》曰：华博览洽闻，无不贯综。世祖尝问汉事，及建章千门万户。华画地成图，应对如流，张安世不能过也。) 我与王安丰（戎也。）说延陵、子房[④]，亦超超玄箸。(《晋诸公赞》曰：夷甫好尚谈称，为时人物所宗。)

注释

①洛水：即洛河，在河南省西部。

②乐令：乐广。

③名理：由汉末清议发展起来的辨名析理之学，是魏晋之际“清谈”的内容之一。

④王安丰：王戎。延陵：春秋时吴公子季札封于延陵，因号延陵季子，贤名远播诸侯国。子房：汉高祖刘邦的主要谋士张良。

译文

诸位名士一起到洛水游玩。回来后，乐广问王衍："今天玩得快乐么？"王衍说："裴頠善于谈名理，滔滔不绝，极有雅致。张华论说《史记》《汉书》，娓娓动听。我和王戎谈延陵季子、张良，也是议论高妙而不着形迹。"

三十二

卫洗马初欲渡江，形神惨悴，语左右云：见此芒芒，不觉百端交集。苟未免有情，亦复谁能遣此。

(《晋诸公赞》曰：卫玠字叔宝，河东安邑人。祖父瓘，太尉。父恒，黄门侍郎。《玠别传》曰：玠颖识通达，天韵标令，陈郡谢幼舆敬以亚父之礼。论者以为出王眉子、平子、武子之右。世咸谓诸王三子，不如卫家一儿。娶乐广女。裴叔道曰：妻父有冰清之姿，婿有璧润之望，所谓秦晋之匹也。为太子洗马。永嘉四年，南至江夏，与兄别于梁里涧，语曰：在三之义，人之所重。今日忠臣致身之道，可不勉乎？行至豫章，乃卒。)

译文

卫玠要渡江南下时，神色凄惨憔悴，对左右人道："见了这茫茫江水，不觉百感交集。如果人难免有情的话，谁又能排解这诸多感慨？"

四十

周仆射雍容好仪形[①]。诣王公，初下车，隐数人，王公含笑看之[②]。既坐，傲然啸咏。王公曰：卿欲希嵇、阮邪[③]？答曰：何敢近舍明公，远希嵇、阮。（邓粲《晋纪》曰：伯仁仪容弘伟，善于俯仰应答，精神足以荫映数人。深自持，能致人，而未尝往焉。）

注释

①周仆射：周顗。

②王公：王导。

③嵇、阮：嵇康、阮籍。

译文

周仆射相貌堂堂、体态美好。他去拜访王导，刚下车，由几人扶持着；王导含笑望着他。坐下之后，周仆射昂然侃侃而谈。王导说："你要效仿嵇康、阮籍么？"周仆射答："哪能舍掉近在身边的王公，而效仿离我遥远的嵇康、阮籍呢？"

五十五

桓公北征经金城，见前为琅邪时种柳[①]，皆已十围，慨然曰：木犹如此，人何以堪！攀枝执条，泫然流泪。(《桓温别传》曰：温字元子，谯国龙亢人，汉五更桓荣后也。父彝，有识鉴。温少有豪迈风气，为温峤所知，累迁琅邪内史，进征西大将军，镇西夏。时逆胡未诛，余烬假息，温亲勒郡卒，建旗致讨，清荡伊、洛，展敬园陵。薨，谥宣武侯。)

注释

①琅邪：东晋时郡名，在今南京市北。金城为该郡地名。

译文

桓温北征经过金城，见以前任琅邪内史时种的柳树，都已长成十围粗的大树，便感慨道："树尚且变化这么大，人哪能经受得了！"手攀枝条，不觉流下了眼泪。

七十

王右军与谢太傅共登冶城[①]。(《扬州记》曰：冶城，吴时鼓铸之所。吴平，犹不废。王茂弘所治也。)谢悠然远想，有高世之志。王谓谢曰：夏禹勤王，手足胼胝。（《帝王世纪》曰：禹治洪水，手足胼胝。世传禹病偏枯，足不相过。今称禹步是也。）文王旰食，日不暇给。（《尚书》曰：文王自朝至于日昃，不遑暇食。）今四郊多垒[②]，（《礼记》曰：四郊多垒，卿大夫之辱也。）宜人人自效。而虚谈废务，浮文妨要，恐非当今所宜。谢答曰：秦任商鞅，二世而亡。（《战国策》曰：卫商鞅，诸庶孽子，名鞅，姓公孙氏。少好刑名学，为秦孝公相，封于商。）岂清言致患邪？

注释

①王右军：王羲之。谢太傅：谢安。冶城：故址在南京市朝天宫附近。

②四郊：都城外四面郊区。此泛指各地。垒：堡垒，指战争。

译文

王羲之和谢安一起上冶城，谢安悠然畅想，有超离世俗的志向。王羲之对谢安说："夏禹辛勤为国，手脚都长了厚茧；周文王天黑了才吃饭，白天没有闲暇。如今四处战乱不已，人人都应主动报效国家。然而空虚的清谈荒废了本业，浮华的文章妨碍了要事，这恐怕不适合当今之世。"谢安回答："秦代任用商鞅，两代就灭亡了。这难道也是清谈的祸患么？"

八十九

简文崩[1]，孝武年十余岁立，至暝不临。（宋明帝《文章志》曰：孝武皇帝讳昌明，简文第三子也。初，简文观谶书曰：晋氏阼尽昌明。及帝诞育，东方始明，故因生时以为讳，而相与忘告简文。问之，乃以讳对。简文流涕曰：不意我家昌明便出。帝聪惠，推贤任才，年三十五崩。）左右启：依常应临。帝曰：哀至则哭，何常之有？

注释

①简文：晋简文帝司马昱。

译文

简文帝去世，孝武帝十多岁，被立为皇帝，一直到晚上也没有去哭吊。左右的人启奏道："依常规应去哭吊。"孝武帝说："感到哀痛时就哭，还管什么常规？"

一〇三

桓玄诣殷荆州[1]，殷在妾房昼眠，左右辞不之通。桓后言及此事，殷云：初不眠，纵有此，岂不以贤贤易色也[2]。（孔安国注《论语》曰：言以好色之心好贤人则善。)

注释

①殷荆州：殷仲堪。

②贤贤易色：语出《论语·学而》。对“色”字的解释不一，这里权作女色解。殷引此句意思是，他不会恋妾而不见桓玄。

译文

桓玄拜访殷仲堪，殷仲堪在妾房里睡午觉，他手下的人不给通报。桓玄后来说到这件事，殷仲堪说：“当初并没有睡觉；即便睡觉，不也得为亲近贤人而放弃美色么？”

政事第三

三

陈仲弓为太丘长[①]，时吏有诈称母病求假。事觉收之，令吏杀焉。主簿请付狱[②]，考众奸。仲弓曰：欺君不忠，病母不孝。不忠不孝，其罪莫大。考求众奸，岂复过此？（陈寔已别见。）

注释

①陈仲弓：陈寔。

②主簿：长官的僚属。职权很重。

译文

陈寔任太丘长时，属下有个吏谎称母亲有病请假。事情败露后，吏被捕，陈寔下令杀了他。主簿请求审讯，看看他还有什么罪行。陈寔说："欺骗君长为不忠，诅咒母亲为不孝，不忠不孝，就是最大的罪。审讯有无其他罪行，难道还有比这更重的罪行么？"

四

贺太傅作吴郡[①]，初不出门。吴中诸强族轻之[②]，乃题府门云：会稽鸡[③]，不能啼。（环济《吴纪》曰：贺邵字兴伯，会稽山阴人。祖齐，父景，并历美官。邵历散骑常侍，出为吴郡太守。后迁太子太傅。）贺闻故出行，至门反顾，索笔足之曰：不可啼，杀吴儿。于是至诸屯邸[④]，检校诸顾、陆役使官兵及藏逋亡[⑤]，悉以事言上，罪者甚众。陆抗时为江陵都督，（《吴录》曰：抗字幼节，吴郡人，丞相逊子，孙策外孙也。为江陵都督，累迁大司马、荆州牧。）故下请孙皓[⑥]，然后得释。

注释

①吴郡：晋时约有今江苏长江以南全部及长江以北迤东之南通、海门诸县地。

②吴中：今江苏吴县。

③会稽：郡名，地当今江苏东南部及浙江西部。

④屯邸：古时屯戍在外的将官，在城内的居舍称屯邸。

⑤顾、陆：当时吴中一带的豪族。逋亡：古时因赋役繁重，百姓多离本土逃亡在外，依附于豪族大姓求生，官府不敢问，称逋亡。

⑥孙皓：三国时吴国皇帝，264—280年在位。

译文

贺邵任吴郡太守，开始时不大出门。吴中的豪族们轻视他，在太守府的门上写道："会稽鸡，不能啼。"贺邵听说后，特意出去，走到门外回头看，要来笔在上述两句后补写道："不可啼，啼了就要杀吴儿。"于是他到各屯邸去，查核顾、陆等豪族役使官兵及藏匿逋亡的情况，汇报了上去，犯法的人很多。陆抗当时任江陵都督，特地请求孙皓，这才得到解脱。

十二

王丞相拜扬州[①]，宾客数百人并加沾接，人人有说色。唯有临海一客姓任（《语林》曰：任名颙，时官在都，预王公坐。）及数胡人为未洽。公因便还到过任边云：君出，临海便无复人。任大喜说。因过胡人前弹指云：兰阇，兰阇[②]。群胡同笑，四坐并欢。（《晋阳秋》曰：王导接诱应会，少有牾者。虽疏交常宾，一见多输写款诚，自谓为导所遇，同之旧昵。）

注释

①王丞相：王导。

②兰阇：胡语，译为闲静处或远离处。王导因客多而冷落了几个胡人，说此话，一则赞胡人能于喧杂处寂然安心，如处佛堂；二则意为自己没有与之寒暄，是怕搅扰其禅定。胡人显然明白了王导的含意，故极为高兴。又：王应麟《困学纪闻》中谓“兰阇”即“兰若”。

译文

王导被任为扬州刺史，来贺的宾客有数百人，他都亲自应酬接待，人人都很高兴。唯有一位临海客人姓任和几位胡人显得有些冷落。王导因便到任某身边，说："您出来了，临海便没有人才了。"任某极为高兴。王导又到胡人跟前，弹着手指说："兰阇、兰阇。"几位胡人都笑了，于是满座客人皆大欢喜。

十八

王、刘与林公共看何骠骑[①]，骠骑看文书不顾之。（《晋阳秋》曰：何充与王濛、刘惔好尚不同，由此见讥于当世。）王谓何曰：我今故与林公来相看，望卿摆拨常务，应对玄言，那得方低头看此邪？何曰：我不看此，卿等何以得存？诸人以为佳。

注释

①王：王濛。刘：刘惔。林公：支道林。何骠骑：何充。

译文

王濛、刘惔和支道林一起来看何充，何充正在看文书，没理他们。王濛对何充说："我今天特地和支道林来看你，希望你能把事务放到一边，一起来清谈，怎么能只顾低头看文书呢？”何充说：“我不看这个，你们靠什么存活下去？”大家觉得他这回答很好。

二十

简文为相，事动经年，然后得过。桓公甚患其迟[①]，常加劝免。太宗曰[②]：一日万机，那得速！（《尚书·皋陶谟》：一日万机。孔安国曰：几，微也。言当戒惧万事之微。）

注释

①桓公：桓温。

②太宗：即晋简文帝司马昱。

译文

简文帝任丞相时，事情报上来，经过年许，才得以通过。桓温嫌太慢，常常加以劝说。简文帝说：“日理万机，怎么能快？”

二十三

谢公时[①]，兵厮逋亡，多近窜南塘下诸舫中。或欲求一时搜索，谢公不许，云：若不容置此辈，何以为京都[2]？（《续晋阳秋》曰：自中原丧乱，民离本域。江左造创，豪族并兼，或客寓流离，名籍不立。太元中，外御强氐，搜简民实，三吴颇加澄检，正其里伍。其中时有山湖遁逸，往来都邑者。后将军安方接客，时人有于坐言宜纠舍藏之失者。安每以厚德化物，去其烦细。又以强寇入境，不宜加动人情。乃答之云：卿所忧，在于客耳。然不尔，何以为京都？言者有惭色。）

注释

①谢公：谢安。

②京都：又作京师。京，字义为地大；师，字义为人多。因此谢安才有此说。

译文

谢安执政时，士兵、仆役等逃亡，大多就近躲在南塘下的各船家。有人请求去搜索一下，谢安不许，说："如果不容这些人安身，还作什么京都？"

二十六

殷仲堪当之荆州[1]，王东亭问曰[2]：德以居全为称，仁以不害物为名。方今宰牧华夏，处杀戮之职，与本操将不乖乎[3]？殷答曰：皋陶造刑辟之制，不为不贤。（《古史考》曰：庭坚号曰皋陶，舜谋臣也。舜举之于尧，尧令作士，主刑。）孔丘居司寇之任[④]，未为不仁。（《家语》曰：孔子自鲁司空为大司寇，三日而诛乱法大夫少正卯[⑤]。）

注释

①当之：在去……的时候。之，去，往。

②王东亭：王珣，见《言语》一〇二条刘注。

③本操：即以推广德、仁为目的。

④司寇：官名，掌管刑狱、纠察等事。

⑤三日：恐为“七日”之误。

译文

殷仲堪要到荆州上任。王珣问：“德以成全为上，仁以不害物为标准。如今你任州刺史，手握生杀大权，与自己原来的操行是否相背呢？”殷仲堪答：“皋陶创立刑法，不能说他不贤；孔子任司寇之职，不能说他不仁。”

文学第四

文学案四

一

郑玄在马融门下，（融《自叙》曰：融字季长，右扶风茂陵人。少而好问，学无常师。大将军邓骘召为舍人，弃，游武都。会羌虏起，自关以西道断。融以谓古人有言：左手据天下之图，而右手刎其喉，愚夫不为。何则？生贵于天下也。岂以曲俗咫尺为羞，灭无限之身哉？因往应之，为校书郎，出为南郡太守。）三年不得相见，高足弟子传授而已。尝算浑天不合[①]，诸弟子莫能解。或言玄能者。融召令算，一转便决，众咸骇服。及玄业成辞归，既而融有礼乐皆东之叹[②]。（《高士传》曰：玄字康成，北海高密人。八世祖崇，汉尚书。玄《别传》曰：玄少好学书数，十三诵《五经》，好天文、占候、风角、隐术。年十七，见大风起，诣县曰：某时当有火灾。至时果然，智者异之。年二十一，博极群书，精历数图纬之言，兼精算术。遂去吏，师故兖州刺史第五元先。就东郡张恭祖受《周礼》《礼记》《春秋传》。周流博观，每经历山川，及接颜一见，皆终身不忘。扶风马季长以英儒著名，玄往从之，参考同异。季长后戚，嫚于待士。玄不得见，住左右，自起精庐，既因绍介得通。时涿郡卢子干为门人冠首，季长又不解剖裂七事，玄思得五，子干得三。季长谓子干曰：吾与汝皆弗如也。季长临别，执玄手曰：大道东矣，子勉之。

后遇党锢，隐居著述，凡百余万言。大将军何进辟玄，乃缝掖相见。玄长八尺余，须眉美秀，姿容甚伟。进待以宾礼，授以几杖。玄多所匡正，不用而退。袁绍辟玄，及去，饯之城东，欲玄必醉。会者三百余人，皆离席奉觞，自旦及莫，度玄饮三百余杯，而温克之容，终日无怠。献帝在许都，征为大司农，行至元城卒。）恐玄擅名而心忌焉。玄亦疑有追，乃坐桥下，在水上据屐。融果转式逐之③，告左右曰：玄在土下水上而据木，此必死矣。遂罢追，玄竟以得免。（马融海内大儒，被服仁义。郑玄名列门人，亲传其业，何猜忌而行鸩毒乎？委巷之言，贼夫人之子。）

注释

①浑天：古代解释天体的一种学说。

②礼乐皆东：礼乐，此泛指儒术。郑是北海高密人，其地在中国东方，故称。

③转式：转动星盘。式，即栻，古代占时日的器具，形如今之罗盘。

译文

郑玄拜马融为师，却三年也没见着马融，只是由马融的高徒传授他知识而已。马融曾计算浑天而不合，弟子们都解不开。有人说郑玄能算。马融召来郑玄叫他算，他转栻一次便解决了，大家无不惊服。待郑玄学成辞别回去，马融便叹“礼乐都移到了东方”。他怕郑玄名声过高而心怀妒忌。郑玄也担心有人追他，便坐在桥下，将木屐踏在水上。马融果然通过转栻跟踪，告诉左右的人说：“郑玄在土下水上并挨着木头，这表明他肯定死了。”于是不再派人去追，郑玄居然免于难。

二

郑玄欲注《春秋传》①，尚未成时，行与服子慎遇宿客舍。先未相识，服在外车上与人说己注《传》意。(《汉南纪》曰：服虔字子慎，河南荥阳人。少行清苦，为诸生，尤明《春秋左氏传》，为作训解。举孝廉，为尚书郎、九江太守。）玄听之良久，多与己同。玄就车与语曰：吾久欲注，尚未了。听君向言，多与吾同。今当尽以所注与君。遂为服氏注。

注释

①郑玄：见一条刘注。《春秋传》：即《春秋左氏传》，儒家经典之一，旧传为春秋时左丘明所撰。

译文

郑玄拟注释《春秋传》，还没有完成时，出门在客舍住宿，碰上了服虔。开始两人不认识，服虔在外面车上和别人说打算注释《春秋传》。郑玄听他讲了好久，发现他的见解大多与自己相同。郑玄便到车旁和他说："我早就想注释《春秋传》，还没有完成。听你刚才所说，大多与我相同。现在我把已注释的部分全部给你。"于是就有了服氏《春秋注》。

三

郑玄家奴婢皆读书[①]。尝使一婢，不称旨，将挞之。方自陈说，玄怒，使人曳箸泥中。须臾，复有一婢来，问曰：胡为乎泥中？（卫《式微》诗也。毛公曰：泥中，卫邑名也。）答曰：薄言往诉，逢彼之怒。（卫邶《柏舟》之诗。）

注释

①郑玄：见一条刘注。

译文

郑玄家的奴婢都读书。他曾叫一个婢女做事，她没按要求做。郑玄要打她，她便陈述辩解。郑玄发怒，叫人把她拖到泥中站着。不一会儿，又有一个婢女来，问："怎么在泥里？"挨罚的婢女答道："诉说了几句，赶上他正在发怒中。"

五

钟会撰《四本论》始毕，甚欲使嵇公一见①。置怀中，既定，畏其难，怀不敢出②，于户外遥掷，便回急走。(《魏志》曰：会论才性同异，传于世。四本者：言才性同，才性异，才性合，才性离也。尚书傅嘏论同，中书令李丰论异，侍郎钟会论合，屯骑校尉王广论离。文多不载。)

注释

①嵇公：嵇康。

②陈寅恪认为，才性同、才性合是东汉以来的旧观点，认为才德不可分；才性异、才性离是曹操求才三令的新见解，即取士但问才而不论德。钟会为司马氏一党，主才性合，嵇康为曹魏忠臣，观点与之相左，因此“怀不敢出”。

译文

钟会刚把《四本论》写完，极想让嵇康看一看。他把《四本论》揣在怀里，决定去见嵇康，又怕嵇康驳难，不敢拿出来，便在窗外远远地把《四本论》扔进去，回身赶忙走了。

六

何晏为吏部尚书，有位望，时谈客盈坐。(《文章叙录》曰：晏能清言，而当时权势，天下谈士，多宗尚之。《魏氏春秋》曰：晏少有异才，善谈易、老。)王弼未弱冠往见之。晏闻弼名，(《弼别传》曰：弼字辅嗣，山阳高平人。少而察惠，十余岁便好庄、老。通辩能言，为傅嘏所知。吏部尚书何晏甚奇之，题之曰：后生可畏。若斯人者，可与言天人之际矣。以弼补台郎。弼事功雅非所长，益不留意，颇以所长笑人，故为时士所嫉。又为人浅而不识物情。初与王黎、荀融善，黎夺其黄门郎，于是恨黎，与融亦不终好。正始中以公事免。其秋遇疠疾亡，时年二十四。弼之卒也，晋景帝嗟叹之累日，曰：天丧予。其为高识悼惜如此。)因条向者胜理语弼曰：此理仆以为极，可得复难不？弼便作难，一坐人便以为屈。于是弼自为客主数番，皆一坐所不及①。

注释

①晋时清谈，方式如今之辩论，驳对方的漏洞，树己之观点。

译文

何晏任吏部尚书，有名望，清谈的客人常常满座。

王弼当时不到二十岁，前往拜见。何晏听说王弼清淡著名，便举出以前谁也驳不倒的论题问王弼：“这个论题，我认为已到头了，你还能否驳它？”王弼便予以驳难，于是满座人都认为这个论题站不住了。接着王弼就这个论题，一人担当正反两方的角色，来回论辩了几个会合，所谈内容都是座中人所未谈到的。

八

王辅嗣弱冠诣裴徽[①],(《永嘉流人名》曰:徽字文季,河东闻喜人，太常潜少弟也。仕至冀州刺史。）徽问曰：夫无者[②]，诚万物之所资，圣人莫肯致言，而老子申之无已，何邪？（《弼别传》曰：弼父为尚书郎，裴徽为吏部郎，徽见异之，故问。）弼曰：圣人体无[③]，无又不可以训，故言必及有。老、庄未免于有，恒训其所不足。

注释

①王辅嗣：王弼。

②无：老子哲学中的名词，与“有”相对。认为一切事物起决定作用的是“无”。

③圣人：儒家经典中多以指尧、舜、禹、汤、文、武、周公、孔子等人。有、无相对，谈“无”免不了谈“有”。

译文

王弼不到二十岁时，去见裴徽。裴徽问："'无'，确实是万物存在的依据，圣人不肯谈这个概念，而老子却说个没完，为什么？"王弼说："圣人体察'无'，'无'这个概念不能解释，所以谈'无'必谈'有'。老子、庄子也免不了谈到'有'，常常解释论述不够之处。"

十

何晏注《老子》未毕，见王弼自说注《老子》旨。何意多所短，不复得作声，但应诺诺，遂不复注，因作《道德论》。(《文章叙录》曰：自儒者论以老子非圣人，绝礼弃学。晏说与圣人同，著论行于世也。)

译文

何晏注释《老子》未完，听王弼阐述注释《老子》的要旨。何晏觉得自己的注释有许多不如王处，便不再说什么，只是唯唯答应而已。于是他不再注释，而写了《道德论》。

十三

诸葛厷年少不肯学问。始与王夷甫谈[1]，便已超诣。王叹曰：卿天才卓出，若复小加研寻，一无所愧。厷后看庄、老，更与王语，便足相抗衡。（王隐《晋书》曰：厷字茂远，琅邪人，魏雍州刺史绪之子。有逸才，仕至司空主簿。）

注释

①王夷甫：王衍，见《言语》二十三条刘注。

译文

诸葛厷年轻时不肯用功学习。开始和王衍清谈时，便已达到了很高的造诣。王衍叹道："你天才出众，如果稍加用功探研，便不会愧于任何人了。"诸葛厷后来学习《老子》《庄子》，再与王衍清谈，两人便不相上下了。

十四

卫玠总角时问乐令梦[①]，乐云是想。卫曰：形神所不接而梦，岂是想邪？乐云：因也[②]。未尝梦乘车入鼠穴，捣齑啖铁杵[③]，皆无想无因故也。（《周礼》有六梦：一曰正梦，谓无所感动，平安而梦也。二曰噩梦，谓惊愕而梦也。三曰思梦，谓觉时所思念也。四曰寤梦，谓觉时道之而梦也。五曰喜梦，谓喜说而梦也。六曰惧梦，谓恐惧而梦也。按乐所言想者，盖思梦也。因者，盖正梦也。）卫思因经日不得，遂成病。乐闻，故命驾为剖析之。卫既小差，乐叹曰：此儿胸中当必无膏肓之疾④。(《春秋传》曰：晋景公有疾，求医于秦，秦伯使医缓为之。未至，公梦疾为二竖子。曰：彼，良医也。惧伤我焉。其一曰：居肓之上，膏之下，若我何？医至，曰：疾不可为也。在肓之上，膏之下，攻之不可达，刺之不可及，药不至焉。公曰：良医也。注：肓，鬲也。心下为膏。)

注释

①卫玠：见《言语》三十二条刘注。乐令：乐广。

②因：指正梦。见刘注。

③齑：切成细末的腌菜或调味用的葱、姜、蒜等。

④膏肓之疾：不治之症。乐此话喻卫心中存不住事，有事必穷追到底。

译文

卫玠童年时问乐广梦是怎么产生的。乐广说："是由思想而生的。"卫玠说："没想某事物却做了某事物的梦，难道也是由思想而生的？"乐广说："这就是所谓'因'。未曾做梦乘车进入鼠穴、捣齑吃铁杵，都是由于没有'想'没有'因'之故。"卫玠思考"因"，想了一整天也没弄明白，于是得了病。乐广听说后，特地乘车前去为他讲析，卫玠的病才好转。乐广叹道："这孩子心中肯定没有解不开的难题。"

十六

客问乐令旨不至者①，乐亦不复剖析文句，直以麈尾柄确几曰②：至不？客曰：至。乐因又举麈尾曰：若至者，那得去？（夫藏舟潜往，交臂恒谢，一息不留，忽焉生灭。故飞鸟之影，莫见其移；驰车之轮，曾不掩地。是以去不去矣，庸有至乎？至不至矣，庸有去乎？然则前至不异后至，至名所以生；前去不异后去，去名所以立。今天下无去矣，而去者非假哉？既为假矣，而至者岂实哉？）于是客乃悟服。乐辞约而旨达，皆此类。

注释

①乐令：乐广。旨不至：语出《庄子·天下》篇，全句为："旨不至，至不绝。"是庄子哲学的一个论题。"旨"即名，以名物，物之实非名所能完全概括，即"旨不至，至不绝"。以下乐广所谓"旨不至"，乃是玄谈，与庄子本意是两回事。乐广的语意是，无所谓"至，"无所谓"去"。"旨"同"指"。

②麈尾：魏晋人清谈时常执的一种拂子。

译文

有人请教乐广"旨不至"的含义，乐广不再解释字句，直接用麈尾柄敲几案道："到了没有？"来人说："到了。"乐广又举起麈尾道："如果到了，怎么又离去了？"于是来人恍然大悟。乐广言简意明，大多类似这件事。

十七

初，注《庄子》者数十家，莫能究其旨要。向秀于旧注外为解义，妙析奇致，大畅玄风[①]。（《秀别传》曰：秀与嵇康、吕安为友，趣舍不同。嵇康傲世不羁，安放逸迈俗，而秀雅好读书。二子颇以此嗤之。后秀将注《庄子》，先以告康、安。康、安咸曰：此书岂复须注？徒弃人作乐事耳。及成，以示二子。康曰：尔故复胜不？安乃惊曰：庄周不死矣。后注《周易》，大义可观，而与汉世诸儒互有彼此，未若隐庄之绝伦也。秀本传或言，秀游托数贤，萧屑卒岁，都无注述。唯好《庄子》，聊应崔撰所注，以备遗忘云。《竹林七贤论》云：秀为此义，读之者无不超然，若已出尘埃而窥绝冥，始了视听之表。有神德玄哲，能遗天下，外万物。虽复使动竞之人顾观所徇，皆怅然自有振拔之情矣。）唯《秋水》《至乐》二篇未竟而秀卒。秀子幼，义遂零落，然犹有别本。郭象者，为人薄行，有俊才。（《文士传》曰：象字子玄，河南人。少有才理，慕道好学，托志老、庄。时人咸以为王弼之亚。辟司空掾、太傅主簿。）见秀义不传于世，遂窃以为己注。乃自注《秋水》《至乐》二篇，又易《马蹄》一篇[②]。其余众篇，或定点文句而已。(《文士传》曰：象作《庄子注》，最有清辞遒旨。) 后秀义别本出，故今有向、郭二庄，其义一也。

注释

①玄：《老子》："玄之又玄，众妙之门。"指道家之道。

②《秋水》《至乐》《马蹄》皆《庄子》中篇名。

译文

当初，为《庄子》作注的有几十家，都没能阐发出该书的精髓。向秀脱开旧注解释该书的内容，分析巧妙新奇，更助长了谈玄的风气。只是《秋水》《至乐》两篇没有注完，向秀便去世了。向秀的儿子小，致使他的注文零落，不过还有另外的稿本。郭象这个人人品不好，却有才气。他见向秀的注本不在世上流传，便窃为自己的注本。他自注了《秋水》《至乐》二篇，将《马蹄》篇改了注。其他各篇，不过润色了文句而已。后来向秀的注本又出来了，所以如今有向秀、郭象的两种《庄子》注本，但两种注的内容一样。

十九

裴散骑娶王太尉女[①]。婚后三日，诸婿大会，(《晋诸公赞》曰：裴遐字叔道，河东人。父纬，长水校尉。遐少有理称，辟司空掾、散骑郎。《永嘉流人名》：衍字夷甫，第四女适遐也。）当时名士，王、裴子弟悉集。郭子玄在坐[②]，挑与裴谈。子玄才甚丰赡，始数交未快。郭陈张甚盛，裴徐理前语，理致甚微[③]，四坐咨嗟称快。（邓粲《晋纪》曰：遐以辩论为业，善叙名理，辞气清畅，冷然若琴瑟。闻其言者，知与不知，无不叹服。）王亦以为奇，谓诸人曰：君辈勿为尔，将受困寡人女婿。

注释

①王太尉：王衍，见《言语》二十三条刘注。

②郭子玄：郭象，见十七条刘注。

③理致：指思想情趣。

译文

裴遐娶了王衍的女儿。婚后第三日，王家女婿聚会，当时的名士以及王、裴两家的子弟也都来了。郭象在座，挑起与裴遐的清谈。郭象才学渊博，开始几番交锋并不很顺利。于是郭象大张旗鼓，而裴遐则从容不迫地接着刚才的论题阐述，理致极其缜密，座中人都赞叹称好。王衍也很惊奇，对座中人说："你们不要再谈了，不然要被我女婿难住了。"

二十二

殷中军为庾公长史[①]，（按《庾亮僚属名》及《中兴书》，浩为亮司马，非为长史也。）下都，王丞相为之集[②]。桓公、王长史、王蓝田、（《王述别传》曰：述字怀祖，太原晋阳人。祖湛，父承，并有高名。述蚤孤，事亲孝谨，箪瓢陋巷，宴安永日。由是为有识所知，袭爵蓝田侯。）谢镇西并在[③]。丞相自起解帐带麈尾[④]，语殷曰：身今日当与君共谈析理。既共清言，遂达三更。丞相与殷共相往反，其余诸贤，略无所关。既彼我相尽，丞相乃叹曰：向来语，乃竟未知理源所归，至于辞喻不相负。正始之音[⑤]，正当尔耳。明旦，桓宣武语人曰：昨夜听殷、王清言甚佳，仁祖亦不寂寞，我亦时复造心。顾看两王掾，（王濛、王述，并为王导所辟。）辄翣如生母狗馨[⑥]。

注释

①殷中军：殷浩。庾公：庾亮。

②王丞相：王导。

③桓公：桓温。王长史：王濛。谢镇西：谢尚。

④《世说》曰："王丞相常悬一麈尾著帐中，及殷中军来，乃取之曰：'今以遗汝。'"麈尾：拂子，魏晋名士清谈时所执。

⑤魏晋之际，尚玄学清谈，后人称当时的风尚言论为正始之音。正始为三国魏齐王（曹芳）年号。

⑥翣：古时礼仪用物，形似扇。生母狗：祭祀用的草扎的母狗。此用萧艾先生解。馨：语助词。这一句形容二王听得呆若木鸡。

译文

殷浩任庾亮的长史，到都城建康，王导为他召集聚会。当时桓温、王蒙、王述、谢鲲都在座。王导亲自起来解下帐带上的麈尾，对殷浩说："我今天要和你清谈辨析义理。"于是一起清谈到三更天。王导和殷浩来回地辩论，其他几位名士都没有插话。待双方辩论到最后，王导叹道："今天所谈，真是顺其自然，不知归结于何处，而修辞比喻也不相上下。正始之音正该是这样呵。"第二天，桓温对人说："昨晚听殷浩、王导的清谈好极了。谢鲲听得很投入，也时不时地打动了我的心。再看两位王幕僚，则像翣和生母狗似的。"

二十三

殷中军见佛经云[①]：理亦应阿堵上[②]。（佛经之行中国尚矣，莫详其始。《牟子》曰：汉明帝夜梦神人，身有日光。明日，博问群臣。通人傅毅对曰：臣闻天竺有道者号曰佛，轻举能飞，身有日光，殆将其神也。于是遣羽林将军秦景、博士弟子王遵等十二人之大月氏国，写取佛经四十二部，在兰台石室。刘子政《列仙传》曰：历观百家之中，以相检验，得仙者百四十六人，其七十四人已在佛经，故撰得七十。可以多闻博识者遐观焉。如此，即汉成、哀之间，已有经矣。与牟子传记便为不同。《魏略·西戎传》曰：天竺城中有临儿国。《浮屠经》云：其国王生浮图。浮图者，太子也。父曰屑头邪，母曰莫邪。浮屠者，身服色黄，发如青丝，爪如铜。其母梦白象而孕。及生，从右胁出，而有髻，坠地能行七步。天竺又有神人曰沙律。昔汉哀帝元寿元年，博士弟子景虑，受大月氏王使伊存口传《浮屠经》。曰复豆者，其人也。《汉武故事》曰：昆邪王杀休屠王，以其众来降，得其金人之神，置之甘泉宫。金人皆长丈余，其祭不用牛羊，唯烧香礼拜。上使依其国俗祀之。此神全类于佛，岂当汉武之时，其经未行于中土，而但神明事之邪？故验刘向、鱼豢之说，佛至自哀、成之世明矣。然则牟传所言四十二者，其文今存非妄。盖明帝遣使广求异闻，非是时无经也。）

注释

①殷中军：殷浩。

②理：道理、法则。此指老庄的理，即佛经中也有老庄的义理。阿堵：魏晋时习惯用语，意为这个。

译文

殷浩看了佛经，说："理也应在这里面。"

二十四

谢安年少时，请阮光录道《白马论》[①]。（《孔丛子》曰：赵人公孙龙云：白马非马。马者所以命形，白者所以命色。夫命色者非命形，故曰白马非马也。）为论以示谢。于时谢不即解阮语，重相咨尽。阮乃叹曰：非但能言人不可得，正索解人亦不可得。（《中兴书》曰：裕甚精论难。）

注释

①阮光禄：阮裕。《白马论》：战国公孙龙著，主要论述名实关系，"白马非马"是其著名论题。

译文

谢安年轻时，请阮裕讲解《白马论》。阮裕写了讲解给谢安看，当时谢安还理解不了阮裕的讲解，便又向他请教。阮裕叹道："不但能清谈的人难以找到，就是连理解别人讲述的人也找不到。"

二十五

褚季野语孙安国（褚裒、孙盛并已见。）云[①]：北人学问，渊综广博。孙答曰：南人学问，清通简要。支道林闻之曰[②]：圣贤固所忘言[③]。自中人以还，北人看书，如显处视月；南人学问，如牖中窥日[④]。（支所言，但譬成孙、褚之理也。然则学广则难周，难周则识暗，故如显处视月；学寡则易核，易核，则智明，故如牖中窥日也。）

注释

①褚季野：褚裒。孙安国：孙盛。

②支道林：支遁，河内人，当时的高僧。

③忘言：《庄子·外物》：“言者所以在意，得意而忘言。”指心领神会，无需用语言来表达。

④此句意为：北方人博而不精，南方人精而不博。

译文

褚裒对孙盛说：“北方人的学问，宽宏广博。”孙盛回答：“南方人的学问，清通简要。”支道林听了说：“圣贤自然不必说。自普通人以下，北方人读书，好像在开阔处看月亮；南方人学习，好像在窗子里望太阳。”

二十八

谢镇西少时[①]，闻殷浩能清言，故往造之。殷未过有所通，为谢标榜诸义，作数百语。既有佳致，兼辞条丰蔚，甚足以动心骇听。谢注神倾意，不觉流汗交面。殷徐语左右：取手巾与谢郎拭面。（按殷浩大谢尚三岁，便是时流，或当贵其胜致，故为之挥汗。）

注释

①谢镇西：谢尚。

译文

谢尚年轻时，听说殷浩善于清淡，因此前往拜访。殷浩没有畅述探讨最通透的观点，只扼要阐发了各种观点的大旨，讲了几百句。其间既有精彩的内容，更加之辞采丰美华丽，颇足以打动人心。谢尚听得全神贯注，不觉汗流满面。殷浩若无其事地对左右的人说："拿手巾来给谢郎擦擦脸。"

二十九

宣武集诸名胜讲《易》[①]，(《易·乾凿度》曰：孔子曰：《易》者，易也，变易也，不易也。三成德，为道包籥者，易也。其德也光明四通，日月星辰布，八卦序，四时和也。变也者，天地不变，不能成朝；夫妇不变，不能成家。不易者，其位也。天在上，地在下；君南面，臣北面；父坐，子伏。此其不易也。故《易》者天地人道也。郑玄《序易》曰：《易》之为名也，一言而函三义：简易一也，变易二也，不易三也。《系辞》曰：乾坤，《易》之蕴也，《易》之门户也。又曰：乾确然示人易矣，坤隤然示人简矣。易则易知，简则易从。此言其简易法则也。又曰：其为道也屡迁，变动不居，周流六虚，上下无常，刚柔相易，不可以为典要，唯变所适。此则言其从时出入移动也。又曰：天尊地卑，乾坤定矣；卑高以陈，贵贱位矣；动静有常，刚柔断矣。此则言其张设布列不易也。据此三义而说《易》之道，广矣，大矣。）日说一卦。简文欲听[②]，闻此便还，曰：义自当有难易，其以一卦为限邪？

注释

①宣武：桓温，见《言语》五十五条刘注。

②简文：晋简文帝司马昱。

译文

桓温召集诸位名士讲论《易经》，每天讲一卦。简文帝要去听，听说每天只讲一卦，便回来了，说："卦义自然有难有易，怎么能限制每天只讲一卦呢？"

三十一

孙安国往殷中军许共论①，往反精苦，客主无间。左右进食，冷而复暖者数四。彼我奋掷麈尾②，悉脱落，满餐饭中。宾主遂至暮忘食。殷乃语孙曰：卿莫作强口马，我当穿卿鼻。孙曰：卿不见决鼻牛，人当穿卿颊。(《续晋阳秋》曰：孙盛善理义。时中军将军殷浩擅名一时，能与剧谈相抗者，唯盛而已。)

注释

①孙安国：孙盛。殷中军：殷浩。

②麈尾：魏晋人清谈时常执的一种拂子。

译文

孙盛到殷浩处清谈，一来一往交锋激烈，主客彼此句句紧逼。手下人送上饭菜，凉了热，热了又凉，三番五次。两人猛甩麈尾，饭菜中尽是脱落的麈尾毛。主客一直辩到晚上，忘了吃饭。殷浩便对孙盛说："你不要作烈性马，我会把你的鼻子穿起来。"孙盛说："你没见豁鼻子的牛么？人会穿住你的脸颊。"

三十二

《庄子·逍遥篇》，旧是难处，诸名贤所可钻味，而不能拔理于郭、向之外①。支道林在白马寺中②，将冯太常共语，（《冯氏谱》曰：冯怀字祖思，长乐人。历太常、护国将军。）因及《逍遥》。支卓然标新理于二家之表，立异义于众贤之外，皆是诸名贤寻味之所不得。后遂用支理。（向子期、郭子玄《逍遥义》曰：夫大鹏之上九万，尺鷃之起榆枋，小大虽差，各任其性。苟当其分，逍遥一也。然物之芸芸，同资有待，得其所待，然后逍遥耳。唯圣人与物冥而循大变，为能无待而常通，岂独自通而已。又从有待者不失其所待，不失，则同于大通矣。支氏《逍遥论》曰：夫逍遥者，明至人之心也。庄生建言大道，而寄指鹏、鷃。鹏以营生之路旷，故失适于体外；鷃以在近而笑远，有矜伐于心内。至人乘天正而高兴，游无穷于放浪，物物而不物于物，则遥然不我得，玄感不为，不疾而速，则逍然靡不适。此所以为逍遥也。若夫有欲当其所足，足于所足，快然有似天真。犹饥者一饱，渴者一盈，岂忘烝尝于糗粮，绝觞爵于醪醴哉？苟非至足，岂所以逍遥乎？此向、郭之注所未尽。）

注释

①郭、向：郭象、向秀，参见十七条。

②支道林：见前注。

译文

《庄子·逍遥游》在过去是较难探究的一篇，诸位名士所钻研的义理，都没有超出郭象、向秀的研究。支道林在白马寺中与冯怀清谈时，论及《逍遥游》。支道林所阐发的义理新奇，卓然超出于郭象、向秀以及诸位名士的观点。于是后来人们就接受了支道林的观点。

三十八

许掾（询也。）年少时[①]，人以比王苟子，（苟子，王修小字也。《文字志》曰：修字敬仁，太原晋阳人。父蒙，司徒左长史。修明秀有美称，善隶行书，号曰流奕清举。起家著作佐郎，琅邪王文学，转中军司马，未拜而卒，时年二十四。昔王弼之没，与修同年，故修弟熙乃叹曰：无愧于古人，而年与之齐也。）许大不平。时诸人士及林法师并在会稽西寺讲[②]，王亦在焉。许意甚忿，便往西寺与王论理，共决优劣。苦相折挫，王遂大屈。许复执王理，王执许理，更相覆疏，王复屈。许谓支法师曰：弟子向语何似？支从容曰：君语佳则佳矣，何至相苦邪？岂是求理中之谈哉[③]！

注释

①许掾：许询。

②林法师：支道林。

③理中：得理之中。中，折衷至当。

译文

许询年轻时，人们把他和王修相提并论，许询极为不平。当时诸位名士和支道林都在会稽西寺讲论，王修也在座。许询心中极为愤怒，便到西寺和王修辩论，决个胜负。两人艰苦交锋，王修大败。许询持王修的观点，王修持许询的观点，再次进行辩论，王修又败了。许询对支道林说："弟子刚才的辩论怎样？"支道林从容地说："你的辩论好是好，不过何必为难人呢？这哪是探求义理的辩论？"

三十九

林道人诣谢公，东阳时始总角[①]，新病起，体未堪劳。与林公讲论，遂至相苦。（东阳，谢朗也，已见。《中兴书》曰：朗博涉有逸才，善言玄理。）母王夫人在壁后听之，再遣信令还，而太傅留之。王夫人因自出云：新妇少遭家难[②]，一生所寄，唯在此儿。因流涕抱儿以归。谢公语同坐曰：家嫂词情慷慨，致可传述，恨不使朝士见。(《谢氏谱》曰：朗父据，取太康王韬女，名绥。)

注释

①东阳：谢朗。

②谢朗父谢据，年三十三亡。

译文

支道林拜访谢安，谢朗当时还是个孩童，得病刚好，身体不堪劳累。他与支道林辩论，至于相互驳难。谢朗的母亲王夫人在屏风后听了，一再让人传信叫谢朗回来，谢安却留住他不放。王夫人便亲自出来，说："我年轻时便遭家难，一生寄托，都在这孩子身上。"于是哭着抱起儿子回去了。谢安对同座的人说："家嫂的言辞慷慨，很可以传述，遗憾的是这情景不能够使朝中人士亲见。"

四十五

于法开始与支公争名①，后精渐归支，意甚不忿，遂遁迹剡下。遣弟子出都，语使过会稽。于时支公正讲《小品》②。开戒弟子：道林讲，比汝至，当在某品中。因示语攻难数十番，云：旧此中不可复通。弟子如言诣支公。正值讲，因谨述开意。往反多时，林公遂屈。厉声曰：君何足复受人寄载！(《名德沙门题目》曰：于法开才辩纵横，以数术弘教。《高逸沙门传》曰：法开初以义学著名，后与支遁有竞，故遁居剡县，更学医术。）

注释

①支公：支道林。

②《小品》：佛经的节本。

译文

于法开当初和支道林争名，后来声誉渐渐归向支道林，心中极为不平，便隐居在剡县。于法开派弟子到都城，告诉他要路过会稽。当时支道林正在讲论《小品》。于法开告诫弟子，支道林讲《小品》，待你到时，应正在讲某品。于是教给弟子往来数十番的辩难内容，说："过去这些内容都是人们没搞通的。"弟子按他的指示前往支道林处，正赶上支道林在讲论，便说了于法开的想法。两人来回辩论了多时，支道林终于败了。支道林厉声道："你何必要做别人的传声筒！"

五十五

支道林、许、谢盛德[①]，共集王家[②]。（许询、谢安、王濛。）谢顾谓诸人：今日可谓彦会，时既不可留，此集固亦难常。当共言咏，以写其怀。许便问主人：有《庄子》不？正得《渔父》一篇。（《庄子》曰：孔子游乎缁帷之林，休坐乎可杏坛之上。孔子弦歌鼓琴，奏曲未半，有渔者下船而来，须眉交白，被发揄袂，行原以上，距陆而止，左手据膝，右手持颐以听。曲终而招子贡、子路语曰：彼何为者也？曰：孔氏。曰：孔氏何治？子贡曰：服忠信，行仁义，饰礼乐，选人伦，孔氏之所治也。曰：有土之君欤？曰：非也。渔父曰：仁则仁矣，恐不免其身。孔子闻而求问之，遂言八疵、四病，以诫孔子。）谢看题，便各使四坐通。支道林先通，作七百许语，叙致精丽，才藻奇拔，众咸称善。于是四坐各言怀毕。谢问曰：卿等尽不？皆曰：今日之言，少不自竭。谢后粗难。因自叙其意，作万余语，才峰秀逸。（《文字志》曰：安神情秀悟，善谈玄远。）既自难干，加意气拟托，萧然自得，四坐莫不厌心。支谓谢曰：君一往奔诣，故复自佳耳。

注释

①许：许询。谢：谢安。

②王：王濛。

译文

支道林、许询、谢安等名士，都集合到了王濛家。谢安对诸人说："今天可谓是俊彦之会，时光既然不可留，这种集会也难得常有，应当共同谈颂，以抒发胸怀。"

许询便问主人有没有《庄子》。恰好有一篇《渔父》。谢安选了几个题目，让各位阐发。支道林首先论述，讲了七百多句，叙述简洁清丽，辞藻新奇，大家都称好。大家都畅述完毕，谢安问："各位是否都阐发完了？"大家都说："今天的清谈，是有言必尽。"谢安便提出疑难，之后叙述自己的观点，讲了一万多句，才气秀丽飘逸。他的语词滔滔不绝，加上神情的衬托，看起来潇洒自如，听者莫不感到心满意足。支道林对谢安说："您一气贯到底，自然是好极了。"

六十一

殷荆州曾问远公[①]：(张野《远法师铭》曰：沙门释惠远，雁门楼烦人。本姓贾氏，世为冠族。年十二，随舅令狐氏游学许、洛。年二十一，欲南渡，就范宣子学，道阻不通，遇释道安以为师。抽簪落发，研求法藏。释昙翼每资以灯烛之费。诵鉴淹远，高悟冥赜。安常叹曰：道流东国，其在远乎？襄阳既没，振锡南游。结宇灵岳。自年六十，不复出山。名被流沙，彼国僧众，皆称汉地有大乘沙门。每至然香礼拜，辄东向致敬。年八十三而终。)《易》以何为体？答曰：《易》以感为体。殷曰：铜山西崩，灵钟东应，便是《易》耶？(《东方朔传》曰：孝武皇帝时，未央宫前殿钟无故自鸣，三日三夜不止。诏问太史待诏王朔，朔言恐有兵气。更问东方朔，朔曰：

臣闻铜者山之子，山者铜之母，以阴阳气类言之，子母相感，山恐有崩弛者，故钟先鸣。《易》曰：鸣鹤在阴，其子和之。精之至也。其应在后五日内。居三日，南郡太守上书言山崩，延袤二十余里。樊英《别传》曰：汉顺帝时，殿下钟鸣，问英。对曰：蜀岷山崩。山于铜为母，母崩子鸣，非圣朝灾。后蜀果土山崩，日月相应。二说微异，故并载之。）远公笑而不答②。

注释

①殷荆州：殷仲堪。

②笑而不答：以言不尽意，故笑而不答，即只可意会，不可言传。

译文

殷仲堪曾问远公："《易》以什么为本体？"远公回答："《易》以感应为本体。"殷仲堪说："西边的铜山崩塌，东边的大钟响应，这就是《易》么？"远公笑而不答。

九十七

袁宏始作《东征赋》，都不道陶公①。胡奴诱之狭室中②，临以白刃，（胡奴，陶范。别见。）曰：先公勋业如是，君作《东征赋》，云何相忽略？宏窘蹙无计，便答：我大道公，何以云无？因诵曰：精金百炼，在割能断。功则治人，职思靖乱。长沙之勋，为史所赞。(《续晋阳秋》曰：宏为大司马记室参军，后为《东征赋》，悉称过江诸名望。时桓温在南州，宏语众云：我决不及桓宣城。时伏滔在温府，与宏善，苦谏之，宏笑而不答。滔密以启温，温甚忿，以宏一时文宗，又闻此赋有声，不欲令人显闻之。后游青山饮酌，既归，公命宏同载，众为危惧。行数里，问宏曰：闻君作《东征赋》，多称先贤，何故不及家君？宏答曰：尊公称谓，自非下官所敢专，故未呈启，不敢显之耳。温乃云：君欲为何辞？宏即答云：风鉴散朗，或搜或引。身虽可亡，道不可陨。则宣城之节，信为允也。温泫然而止。二说不同，故详载焉。)

注释

①陶公：即陶侃。

②胡奴：陶范，字道则，陶侃的第十子。

译文

袁宏初写《东征赋》时，一句没谈及陶侃。陶范把袁宏骗到小屋中，以刀逼问："我父亲功勋昭著，你写《东征赋》，怎么就忽略不写？"袁宏窘迫间没办法，便说："我在赋中大写令尊，怎么说没写？"于是便朗诵道："他经千锤百炼，无坚不摧。功勋在于治理人事，职责在于平定叛乱。他的丰功伟绩，为史家所称赞。"

一〇一

王孝伯在京行散[1]，至其弟王睹户前，（睹，王爽小字也。《中兴书》曰：爽字季明，恭第四弟也。仕至侍中，恭事败，赠太常。）问：古诗中何句为最？睹思未答。孝伯咏所遇无故物，焉得不速老[2]。此句为佳。

注释

①王孝伯：王恭。行散：魏晋间士大夫尚服五石散，服后体内发热，需散步发散，谓之行散。

②句出《古诗·回车驾言迈》。诗写久客还乡，一路所见。

译文

王恭在京城行散，来到弟弟王爽的门前，问："古诗中哪一句最好？"王爽思考着还没有回答，王恭便诵道："'所遇无故物，焉得不速老'这一句最好。"

方正第五

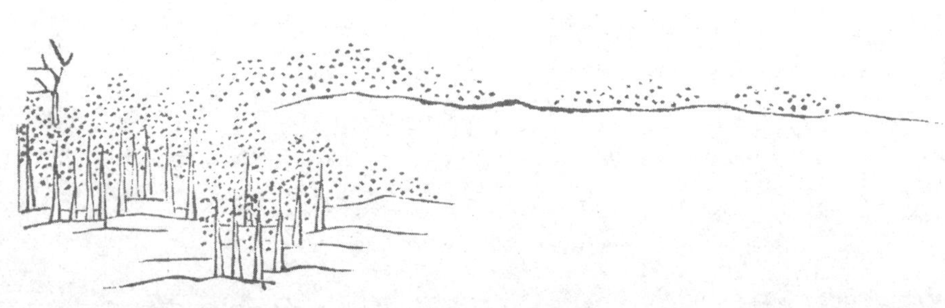

一

陈太丘与友期行[①]，期日中。过中不至，太丘舍去，去后乃至。元方时年七岁[②]，门外戏。（陈寔及纪，并已见。）客问元方：尊君在不？答曰：待君久不至，已去。友人便怒曰：非人哉。与人期行，相委而去。元方曰：君与家君期日中。日中不至，则是无信；对子骂父，则是无礼。友人惭，下车引之。元方入门不顾。

注释

①陈太左：陈寔。

②元方：陈纪。

译文

陈寔与朋友约好同行，约定时间为中午。过了中午朋友还没来，陈寔便走了；陈寔走后朋友才到。陈纪当时七岁，在门外玩。朋友问陈纪："令尊在不？"陈纪答："等你好久不来，已走了。"朋友便发怒道："真不是人啊，和人约好同行，却扔下人就走了。"陈纪说："你和我父亲约好中午，到了中午没来，就是失信；对着儿子骂父亲，就是无礼。"朋友感到羞愧，下车来拉陈纪。陈纪看也不看他，进门去了。

二

南阳宗世林，魏武同时[①]，而甚薄其为人，不与之交。及魏武作司空，总朝政，从容问宗曰：可以交未？答曰：松柏之志犹存。世林既以忤旨见疏，位不配德。文帝兄弟每造其门[②]，皆独拜床下，其见礼如此。(《楚国先贤传》曰：宗承字世林，南阳安众人。父资，有美誉。承少而修德雅正，确然不群，征聘不就，闻德而至者如林。魏武弱冠，屡造其门，值宾客猥积，不能得言。乃伺承起，往要之，捉手请交，承拒而不纳。帝后为司空，辅汉朝，乃谓承曰：卿昔不顾吾，今可为交未？承曰：松柏之志犹存。帝不说，以其名贤，犹敬礼之。敕文帝修子弟礼，就家拜汉中太守。武帝平冀州，从至邺，陈群等皆为之拜。帝犹以旧情介意，薄其位而优其礼，就家访以朝政，居宾客之右。文帝征为直谏大夫。明帝欲引以为相，以老固辞。)

注释

①魏武：曹操。

②文帝：曹丕。

译文

南阳人宗承，与曹操同时，但极鄙薄曹操的为人，不与他交往。待曹操任司空总揽朝政时，从容地问宗承："现在可以和我交往了吧？"宗承答："我坚贞的志操仍在。"宗承因冒犯了曹操而被疏远，官位低下配不上他的德行。曹丕兄弟每前往拜访，都跪拜在他的榻前，对他仍这么尊敬。

十一

武帝语和峤曰[1]：我欲先痛骂王武子[2]，然后爵之。峤曰：武子俊爽，恐不可屈。帝遂召武子，苦责之，因曰：知愧不？（《晋诸公赞》曰：齐王当出藩，而王济谏请无数，又累遣常山主与妇长广公主共入稽颡，陈乞留之。世祖甚恚，谓王戎曰：我兄弟至亲，今出齐王，自朕家计，而甄德、王济连遣妇入来，生哭人邪？济等尚尔，况余者乎？济自此被责，左迁国子祭酒。）武子曰：尺布斗粟之谣，常为陛下耻之。（《汉书》曰：淮南厉王长，高祖少子也。有罪，文帝徙之于蜀，不食而死。民作歌曰：一尺布，尚可缝；一斗粟，尚可舂。兄弟二人，不能相容。瓒注曰：言一尺布帛，可缝而共衣；一斗米粟，可舂而共食。况以天下之广，而不相容也。）它人能令疏亲，臣不能使亲疏，以此愧陛下[3]。

注释

①武帝：晋武帝司马炎。

②王武子：王济。

③王济此话讥武帝疏远兄弟。武帝斥责王济，反遭王济之讥，果然如和峤所言。齐王，司马攸，出藩事参见《品藻》三十二条刘注。

译文

晋武帝对和峤说："我要先痛骂王济一顿，然后再任他职。"和峤说："王济有才而豪爽，恐怕不能服软。"晋武帝便召来王济，狠狠地责骂了一顿，然后问："知道惭愧不？"王济说："有一首'尺布斗粟'的童谣，我听了常为陛下感到羞耻。别人能使疏远的人亲近，我不能使亲近的人疏远，为此愧对陛下。"

十六

向雄为河内主簿，有公事不及雄，而太守刘淮横怒，遂与杖遣之。雄后为黄门郎，刘为侍中[①]，初不交言。武帝闻之[②]，敕雄复君臣之好[③]。雄不得已，诣刘，再拜曰：向受诏而来，而君臣之义绝，何如？于是即去。武帝闻尚不和，乃怒问雄曰：我令卿复君臣之好，何以犹绝？（《汉晋春秋》曰：雄字茂伯，河内人。《世语》曰：雄有节概，仕至黄门郎、护军将军。按：王隐、孙盛《不与故君相闻议》曰：昔在晋初，河内温县领校向雄，送御牺牛，不先呈郡，辄随比送洛。值天大热，郡送牛多暍死。台法甚重，太守吴奋召雄与杖，雄不受杖，曰：郡牛者亦死也，呈牛者亦死也。奋大怒，下雄狱，将大治之。会司隶辟雄都官从事，数年，为黄门侍郎。奋为侍中，同省，相避不相见。武帝闻之，给雄酒礼，使诣奋解，雄乃奉诏。此则非刘淮也。《晋诸公赞》曰：淮字君平，沛国杼秋人。少以清正称。累迁河内太守、侍中、尚书仆射、司徒。）雄曰：古之君子，进人以礼，退人以礼；今之君子，进人若将加诸膝，退人若将坠诸渊。臣于刘河内，不为戎首④，亦已幸甚，安复为君臣之好？武帝从之。（《礼记》曰：穆公问于子思曰：为旧君反服，古邪？子思曰：古之君子，进人以礼，退人以礼，故有旧君反服之礼；今之君子，进人若将加诸膝，退人若将坠诸渊。无为戎首，不亦善乎，又何反服之有？郑玄曰：为兵主求攻伐，故曰戎首也。）

注释

①黄门郎、侍中同属同下省。

②武帝：晋武帝司马炎。

③君臣之好：指上下级关系。原刘任太守，职位高于向；现刘任侍中，职位仍高于向。

④戎首：发动战争的人。此指主动挑起事端。

译文

向雄任河内郡主簿，有公事向雄没办，太守刘淮大怒，把向雄一顿板子打发走了。向雄后来任黄门郎，刘准任侍中，开始彼此不说话。晋武帝听了，命令他们恢复君臣之好。向雄不得已，便到刘准处，拜了两拜道："我是奉皇帝的命令而来，我们两人从此情断义绝，怎么样？"说完便走了。晋武帝听说两人还没和好，便怒问向雄："我叫你恢复君臣之好，怎么你们还不来往？"向雄说："古时的君子，提拔人以礼为标准，贬退人以礼为标准。如今的君子，提拔人几乎要把人抱到膝上，贬退人几乎要把人推到深渊中去。我对刘准，不找他的事就已经很不错了，怎还能恢复君臣之好？"晋武帝只好任他去。

十七

齐王冏为大司马辅政，（虞预《晋书》曰：冏字景治，齐王攸子也。少聪惠，及长，谦约好施。赵王伦篡位，冏起义兵诛伦，拜大司马，加九锡，政皆决之。而恣用群小，不复朝觐，遂为长沙王所诛。）嵇绍为侍中[①]，诣冏咨事。冏设宰会[②]，召葛旟、（《齐王官属名》曰：旟字虚旟，齐王从事中郎。《晋阳秋》曰：齐王起义，转长史。既克赵王伦，与董艾等专执威权。冏败，见诛。）董艾等（《八王故事》曰：艾字叔智，弘农人。祖遇，魏侍中。父绥，秘书监。艾少好功名，不修士检。齐王起义，艾为新汲令，赴军，用艾领右将军。王败，见诛。）共论时宜。旟等白冏：嵇侍中善于丝竹，公可令操之。遂送乐器。绍推却不受。冏曰：今日共为欢，卿何却邪？绍曰：公协辅皇室，令作事可法。绍虽官卑，职备常伯[③]。操丝比竹，盖乐官之事，不可以先王法服，为伶人之业。今逼高命，不敢苟辞，当释冠冕，袭私服，此绍之心也。旟等不自得而退。

注释

①嵇绍：嵇康的儿子，官至散骑常侍，后因保护惠帝而亡。

②宰会：据程炎震考，恐"宴会"之误。

③常伯：秦汉时称侍中为常伯。

译文

齐王司马冏任大司马，辅佐朝政。嵇绍任侍中，前往司马冏处请示公事。司马冏设宴会，召葛旟、董艾等来一起讨论事情。葛旟等人向司马冏说："嵇侍中擅长乐器，您可以叫他奏乐。"于是便送上了乐器。嵇绍推辞不接。司马冏说："今天大家一起乐乐，你为什么要推辞呢？"嵇绍说："您辅助皇室，要求做事依法。我的官职虽低，但也是常伯。弹奏乐器，那是乐师的事，我不能身穿先王所定朝服，干乐工的事。如今天非要我弹奏，我也不能强辞，但应脱去官服穿便衣。这是我的想法。"葛等人没趣地走了。

二十六

周叔治作晋陵太守，周侯、仲智往别[①]。叔治以将别，涕泗不止。仲智恚之曰：斯人乃妇女，与人别唯啼泣。便舍去。（邓粲《晋纪》曰：周谟字叔治，颉次弟也。仕至中护军。嵩字仲智，谟兄也。性绞直果侠，每以才气陵物。颉被害，王敦使人吊焉。嵩曰：亡兄天下有义人，为天下无义人所杀，复何所吊？敦甚衔之。犹取为从事中郎，因事诛嵩。《晋阳秋》曰：嵩事佛，临刑犹诵经。）周侯独留，与饮酒言话，临别流涕，抚其背曰：奴好自爱。（阿奴，谟小字。）

注释

①周侯：周颉。

译文

周谟任晋陵太守，周颉、周嵩前往送别。周谟因为将要离别，流泪不止。周嵩发怒道："这人是个妇女，和人相别只会哭。"说完便走了。周颉一人留下来，和周谟饮酒话别。临别时，他流着泪拍着周谟的背说："你好好保重。"

三十四

苏峻既至石头，百僚奔散，(王隐《晋书》曰：峻字子高，长广掖人。少有才学，仕郡主簿，举孝廉。值中原乱，招合流旧三千余家，结垒本县，宣示王化，收葬枯骨，远近感其恩义，咸共宗焉。讨王敦有功，封公，迁历阳太守。峻外营将表曰：鼓自鸣。峻自斫鼓曰：我乡里时有此，则空城。有顷，诏书征峻。峻曰：台下云我反，反岂得活邪？我宁山头望廷尉，不能廷尉望山头。乃作乱。《晋阳秋》曰：峻率众二万，济自横江，至于蒋山，王师败绩。)唯侍中钟雅独在帝侧①。或谓钟曰：见可而进，知难而退，古之道也。君性亮直，必不容于寇仇，何不用随时之宜，而坐待其弊邪？钟曰：国乱不能匡，君危不能济，而各逊遁以求免，吾惧董狐将执简而进矣②。

注释

①钟雅：字彦胄，官至侍中。

②董狐：春秋时晋史官，以秉笔直书著称，被后世誉为"良史"。此句意为生死度外，而更看重气节。

译文

苏峻进兵到石头城，百官都逃走了，唯有侍中钟雅留在皇帝身边。有人对钟雅说："可以前进就进，知道艰难就退，是自古以来的教义。你为人刚直，仇敌决不会放过你，为什么不顺时而动，而坐等受死呢？"钟雅说："国乱不能匡正，君危不能救助，却各自逃亡以保命，我担心董狐将要带着笔简而来呵。"

四十

王丞相作女伎[①]，施设床席。蔡公先在坐，不说而去，王亦不留。（《蔡司徒别传》曰："谟字道明，济阳考城人。博学有识，避地江左，历左光禄、录尚书事、扬州刺史。薨，赠司空。）

注释

①王丞相：王导。

译文

王导安排女伎歌舞，并铺设坐榻坐席。蔡谟原先在座，不高兴地走了，王导也不留他。

四十四

桓大司马诣刘尹[①]，卧不起。桓弯弹弹刘枕，丸迸碎床褥间。刘作色而起曰：使君如馨地，宁可斗战求胜[②]？（《中兴书》曰：温曾为徐州刺史。沛国属徐州，故呼温使君。斗战者，以温为将也。）桓甚有恨容。（刘尹，真长。已见。）

注释

①桓大司马：桓温，见《言语》五十五条刘注。刘尹：刘惔。

②刘卧不起有蔑视意。晋时以出身士族为荣，此句讽刺桓出身将家子。

译文

桓温去拜访刘惔，刘惔躺着不起来。桓温用弹弓射刘惔的枕头，弹丸碎裂落在床被上。刘惔变了脸色起来道："你怎能这样，宁可靠动武来求胜么？"桓温满脸怒容。

四十六

王中郎年少时[①]，（坦之，已见。）江虨为仆射领选[②]，欲拟之为尚书郎。有语王者，王曰：自过江来，尚书郎正用第二人[③]，何得拟我？江闻而止。（按《王彪之别传》曰：彪之从伯导谓彪之曰：选曹举汝为尚书郎，幸可作诸王佐邪？此知郎官，寒素之品也。）

注释

①王中郎：王坦之。

②江虨：字思玄，官至尚书左仆射、护军将军。

③谓用二流人。晋人重门第，以第二流为寒素。东晋名士以逸于事为高，以任职为俗。尚书郎无吏部的权势，而有琐事之烦，因此名士不屑为之。

译文

王坦之年轻时，江虨任仆射负责选任官员，打算任王坦之为尚书郎。有人告诉了王坦之，王坦之说："自从渡江南来，尚书郎用的都是二流人才，怎么能考虑我？"江虨听了便打消了这个念头。

四十七

王述转尚书令①，事行便拜。文度曰②：故应让杜许。蓝田云：汝谓我堪此不？文度曰：何为不堪。但克让自是美事，恐不可阙。蓝田慨然曰：既云堪，何为复让？人言汝胜我，定不如我。(《述别传》曰：述常以为人之处世，当先量己而后动，义无虚让，是以应辞便当固执。其贞正不逾皆此类。)

注释

①王述：字怀祖，袭爵蓝田侯。

②文度：王坦之，王述的儿子。

译文

王述转任尚书令，接到任命便拜受了。王坦之说："按惯例应谦让一下。"王述说："你认为我能不能胜任？"王坦之说："怎么不能胜任？但谦让是美德，恐怕不能缺。"王述慨然道："既然说能胜任，还谦让什么？人们说你比我强，由此看你肯定不如我。"

五十

刘简作桓宣武别驾[①]，后为东曹参军，（《刘氏谱》曰：简字仲约，南阳人。祖乔，豫州刺史。父珽，颍川太守。简仕至大司马参军。）颇以刚直见疏。尝听记，简都无言。宣武问：刘东曹何以不下意？答曰：会不能用。宣武亦无怪色。

注释

①桓宣武：桓温，见《言语》五十五条刘注。

译文

刘简任桓温的别驾，后任东曹参军，因为性情刚直而被疏远。听汇报时，刘简一句话不说。桓温问："刘东曹为什么不发表意见？"刘简答："说了也不被采纳。"桓温也没有责怪他的意思。

五十九

王子敬数岁时[①]，尝看诸门生樗蒲。见有胜负，因曰：南风不竞。（《春秋传》曰：楚伐郑。师旷曰：不害，吾骤歌南风，南风不竞，多死声，楚必无功。杜预曰：歌者吹律，以咏八风，南风音微，故曰不竞也。）门生辈轻其小儿，乃曰：此郎亦管中窥豹，时见一斑[②]。子敬瞋目曰：远惭荀奉倩，近愧刘真长[③]。遂拂衣而去。（荀、刘，已见。）

注释

①王子敬：王献之。

②管中窥豹，时见一斑：指王所见有限，只能看到事物的一部分。

③荀奉倩：荀粲。刘真长：刘惔。此句意为，自觉不如荀、刘，其余都不在话下。

译文

王献之几岁时，看几个门生在赌博。他看出胜负来，便说："南风不竞。"门生们轻视他是个小孩，说："这孩子不过是管中窥豹，时而只见一个斑点。"王献之瞪眼道："我远不如荀粲，近不如刘惔。"说完一抖衣服走了。

六十三

王恭欲请江卢奴为长史①，晨往诣江，江犹在帐中。王坐，不敢即言，良久乃得及。江不应，（卢奴，江敳小字也。《晋安帝纪》曰：敳字仲凯，济阳人。祖正，散骑常侍。父彪，仆谢。并以义正器素，知名当世。敳历位内外，简退著称，历黄门侍郎、骠骑咨议。）直唤人取酒，自饮一碗，又不与王。王且笑且言：那得独饮？江云：卿亦复须邪？更使酌与王，王饮酒毕，因得自解去。未出户，江叹曰：人自量，固为难。（《宋书》曰：敳即湘州江夷之父也。夷字茂远，湘州刺史。）

注释

①江卢奴：江敳。

译文

王恭想请江敳任长史，清晨前往江敳处，江敳还躺在帐子里。王恭坐下，却不敢马上说，过了好一会儿才谈到任长史的事。江敳不应声，只叫人拿酒来。他自己喝了一碗，也不让王恭。王恭边笑边说："哪能自己喝呢？"江敳说："你也要喝么？"便叫人给王恭倒酒。王恭喝完了酒，找个借口走了。他还没出门，江敳叹道："人要自量，真是难。"

六十五

王爽与司马太傅饮酒[①]。太傅醉，呼王为小子[②]。王曰：亡祖长史[③]，与简文皇帝为布衣之交[④]。亡姑、亡姊，伉俪二宫。何小子之有？（《中兴书》曰：王濛女讳穆之，为哀帝皇后。王蕴女讳法惠，为孝武皇后。）

注释

①王爽：见《文学》一〇一条刘注。司马太傅：司马道子，简文帝第五子，封会稽王，进太傅。

②小子：对人的蔑称。

③长史：王濛。

④简文皇帝：司马昱。布衣之交：贫贱之交，指很早就有平等的交情。

译文

王爽和司马道子喝酒。司马道子醉了，称王爽为"小子”。王爽说：“我的亡祖父王蒙，与简文皇帝是布衣之交。亡姑、亡姐先后为皇后。你称呼我什么‘小子’？”

六十六

张玄与王建武先不相识[①]，（张玄已见。建武，王忱也。《晋安帝纪》曰：忱初作荆州刺史，后为建武将军。）后遇于范豫章许[②]，范令二人共语。（范宁已见。）张因正坐敛衽，王孰视良久，不对。张大失望，便去。范苦譬留之，遂不肯住。范是王之舅，（《王氏谱》曰：王坦之娶顺阳郡范汪女，名盖，即宁妹也，生忱。）乃让王曰：张玄，吴士之秀，亦见遇于时，而使至于此，深不可解。王笑曰：张祖希若欲相识，自应见诣。范驰报张，张便束带造之。遂举觞对语，宾主无愧色。

注释

①张玄：张玄之。字祖希，任吏部尚书。王建武：王忱。

②范豫章：范宁。

译文

张玄和王忱原不认识，后来两人相遇于范宁处，范宁叫两人谈谈。于是张玄正襟危坐，王忱看了他好久，不搭腔。张玄极为失望，便走了。范宁苦苦留他，他也不肯留。范宁是王忱的舅舅，便责怪王忱道："张玄是吴地的杰出人物，人们很看重他，而你却这样对待他，真叫人不可理解。"王忱笑道："张玄如要和我认识，自应来见我。"范宁赶紧告诉了张玄。张玄便打扮齐整去见王忱。两人于是饮酒交谈，宾主都没有愧色。

雅量第六

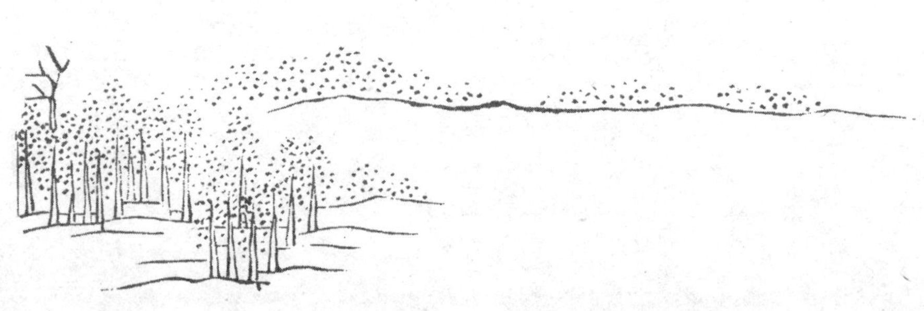

十七

庾太尉风仪伟长[①]，不轻举止，时人皆以为假。亮有大儿数岁，雅重之质，便自如此，人知是天性。温太真尝隐幔怛之[②]，此儿神色恬然，乃徐跪曰：君侯何以为此？论者谓不减亮。苏峻时遇害[③]。(《庾氏谱》曰:会字会宗,太尉亮长子。年十九,咸和六年遇害。)或云：见阿恭，知元规非假。(阿恭，会小字也。)

注释

①庾太尉：庾亮。

②温太真：温峤。

③苏峻：见《方正》三十四条刘注。

译文

庾亮仪表壮伟，举止严谨，当时人们都认为是有意做作。庾亮的长子庾会才几岁，文雅庄重，也像父亲，人们才知道这是天性如此。温峤曾隐在帷幕后吓唬他，他神色安静，从容地下跪道：“您为什么要这样？”论说的人认为他的庄重不次于他父亲。他在苏峻叛乱时遇害。有人说：“见了庾会，才知庾亮的严谨不是做作。”

二十九

桓公伏甲设馔[①]，广延朝士，因此欲诛谢安、王坦之[②]。(《晋安帝纪》曰：简文晏驾，遗诏桓温依诸葛亮、王导故事。温大怒，以为黜其权，谢安、王坦之所建也。入赴山陵，百官拜于道侧，在位望者，战栗失色。或云自此欲杀王、谢。）王甚遽，问谢曰：当作何计？谢神意不变，谓文度曰：晋阼存亡，在此一行[③]。相与俱前。王之恐状，转见于色。谢之宽容，愈表于貌。望阶趋席，方作洛生咏[④]，讽浩浩洪流[⑤]。桓惮其旷远，乃趣解兵。(按宋明帝《文章志》曰：安能作洛下书生咏，而少有鼻疾，语音浊。后名流多学其咏，弗能及，手掩鼻而吟焉。桓温止新亭，大陈兵卫，呼安及坦之，欲于坐害之。王入失措，倒执手版，汗流沾衣。安神姿举动，不异于常。举目遍历温左右卫士，谓温曰：安闻诸侯有道，守在四邻。明公何有壁间著阿堵辈？温笑曰：正自不能不尔。于是矜庄之心顿尽。命部左右，促燕行觞，笑语移日。)王、谢旧齐名，于此始判优劣。

注释

①桓公：桓温，见《言语》五十五条刘注。

②此时谢为吏部尚书，王为侍中；二人为朝臣重望。

③此时孝武帝新立，桓自姑孰入朝，都中人士猜疑

不是废幼主，就是诛王、谢。

④洛生咏：指洛阳书生吟咏的腔调，音色重浊。

⑤浩浩洪流：句出嵇康《赠秀才入军诗》。

译文

桓温埋伏了甲兵，设宴广请朝臣，想趁机杀掉谢安、王坦之。王坦之极为惊慌，问谢安："该怎么办？"谢安神色不变，对王坦之说："晋朝的存亡，就在于我们这一趟了。"于是一起去赴宴。王坦之恐惧的心态，表现在神色上。谢安的宽和雍容，充分体现于外表。他登上台阶一边入席，一边用洛阳书生的腔调朗诵"浩浩洪流"。桓温忌惮他的旷达莫测，便命撤去伏兵。王、谢原先齐名，从这件事上才分辨出两人的高下。

品藻第九

一

汝南陈仲举、颍川李元礼二人①，共论其功德，不能定先后。蔡伯喈（《续汉书》曰：蔡伯喈，陈留围人。通达有俊才，博学善属文，伎艺术数，无不精综。仕至左中郎将，为王允所诛。）评之曰：陈仲举强于犯上，李元礼严于摄下。犯上难，摄下易。（张璠《汉纪》曰：时人为之语曰：不畏强御陈仲举，天下模楷李元礼。）仲举遂在三君之下，（谢沈《汉书》曰：三君者，一时之所贵也。窦武、刘淑、陈蕃，少有高操，海内尊而称之，故得因以为目。）元礼居八俊之上。（薛莹《汉书》曰：李膺、王畅、荀绲、朱寓、魏朗、刘佑、杜楷、赵典为八俊。《英雄记》曰：先是张俭等相与作衣冠纠弹，弹中人相调，言：我弹中诚有八俊、八乂，犹古之八元、八凯也。谢沈《书》曰：俊者，卓出之名也。姚信《士纬》曰：陈仲举体气高烈，有王臣之节。李元礼忠壮正直，有社稷之能。海内论之未决，蔡伯喈抑一言以变之，疑论乃定也。）

注释

①陈仲举：陈蕃。李元礼：李膺，分别见《德行》一条、四条刘注。

译文

汝南人陈仲举、颍川人李元礼两人各自论说自己的功业德望，无法判定谁前谁后。蔡伯喈评论道：“陈仲举刚直敢于抗上；李元礼管理属下严格。抗上难，管理属下易。因此陈仲举可以排在‘三君’的末尾，李元礼排在‘八俊’的首位。”

四

诸葛瑾、弟亮及从弟诞，(《吴书》曰：瑾字子瑜，其先葛氏，琅邪诸县人，后徙阳都。阳都先有姓葛者，时人谓诸葛，因为氏。瑾少以至孝称。累迁豫州牧，六十八卒。《魏志》曰：诞字公休，为吏部郎，人有所属托，辄显其言而亟用之。后有当不，则公议其得失，以为褒贬。自是群僚莫不慎其所举。累迁扬州刺史、镇东将军、司空。谋逆伏诛。)并有盛名，各在一国。于时以为蜀得其龙，吴得其虎，魏得其狗。诞在魏与夏侯玄齐名[①]；瑾在吴，吴朝服其弘量。(《吴书》曰：瑾避乱渡江，大皇帝取为长史，遣使蜀，但与弟亮公会相见，反无私面，而又有容貌思度。时人服其弘量。)

注释

①夏侯玄：字太初，夏侯尚之子。

译文

诸葛瑾和弟弟诸葛亮、堂弟诸葛诞，名气都很大，各在一国。当时的人认为，蜀国得到其中的龙，吴国得到其中的虎，魏国得到其中的狗。诸葛诞在魏国时与夏侯玄齐名；诸葛瑾在吴国，吴国的士大夫们都佩服他的弘器大量。

二十

王丞相云①：顷下论以我比安期、千里②。亦推此二人。唯共推太尉③，此君特秀。（《晋诸公赞》曰：夷甫性矜峻，少为同志所推。）

注释

①王丞相：王导。

②安期：王承。千里：阮瞻。

③太尉：王衍，见《言语》二十三条刘注。

译文

王导说："最近评论者以我比王安期、阮千里。我也推崇这两个人。不过大家都推崇王太尉，此人才能突出。"

二十五

世论温太真[1]，是过江第二流之高者。时名辈共说人物，第一将尽之间，温常失色。(《温氏谱序》曰：晋大夫郤至封于温，子孙因氏，居太原祁县，为郡著姓。)

注释

①温太真：温峤。

译文

世人评论温峤，是过江人士第二流人才中的杰出者。当时名士们一起谈论人才，说到第一流人才将要完时，温峤常常脸上变色。

三十二

时人共论晋武帝出齐王之与立惠帝[1]，其失孰多。(《晋阳秋》曰：齐王攸，字大猷，文帝第二子。孝敬忠肃，清和平允，亲贤下士，仁惠好施。能属文，善尺牍。初，荀勖、冯统为武帝亲幸，攸恶勖之佞，勖惧攸或嗣立，必诛己，且攸甚得众心，朝贤景附。会帝有疾，攸及皇太子入问讯，朝士皆属目于攸，而不在太子。至是勖从容曰：陛下万年后，太子不得立也。帝曰：何故？勖曰：百僚内外，皆归心于齐王，太子安得立乎？陛下试诏齐王归国，必举朝谓之不可。若然，则臣言征矣。侍中冯纨又曰：陛下必欲建诸侯，成五等，宜从亲始，亲莫若齐王。帝从之。于是下诏，使攸之国。攸闻勖、纨间己，忧忿不知所为。入辞，出，呕血薨。帝哭之恸。冯纨侍曰：齐王名过其实，而天下归之。今自薨殒，陛下何哀之甚？帝乃止。刘毅闻之，故终身称疾焉。）多谓立惠帝为重。桓温曰②：不然，使子继父业，弟承家祀③，有何不可？（武帝兆祸乱，覆神州，在斯而已。舆隶且知其若此，况宣武之弘俊乎？此言非也。）

注释

①晋武帝：即司马炎。惠帝：司马衷，武帝子，公元290—306年在位，以痴呆著称。

②桓温：见《言语》五十五条刘注。

③齐王为武王之弟。

译文

当时人们讨论晋武帝让齐王回封地和立晋惠帝，哪一举措错误更大。多数人认为立晋惠帝错误大。桓温说："不对，让儿子继承父业，弟弟继承家祀，有什么不可以的？"

三十七

桓大司马下都[1]，问真长曰[2]：闻会稽王语奇进[3]，尔邪？（《桓温别传》曰：兴宁九年，以温克复旧京，肃静华夏，进都督中外诸军事、侍中、大司马，加黄钺，使入参朝政。）刘曰：极进，然故是第二流中人耳。桓曰：第一流复是谁？刘曰：正是我辈耳。

注释

①桓大司马：桓温，见《言语》五十五条刘注。

②真长：刘惔。

③会稽王：司马昱。

译文

桓温来到都城，问刘惔："听说会稽王的清谈进步迅速，是么？"刘惔说："进步很大，但仍是二流中的人。"桓温问："第一流又是谁？"刘惔说："正是我这种人。"

规箴第十

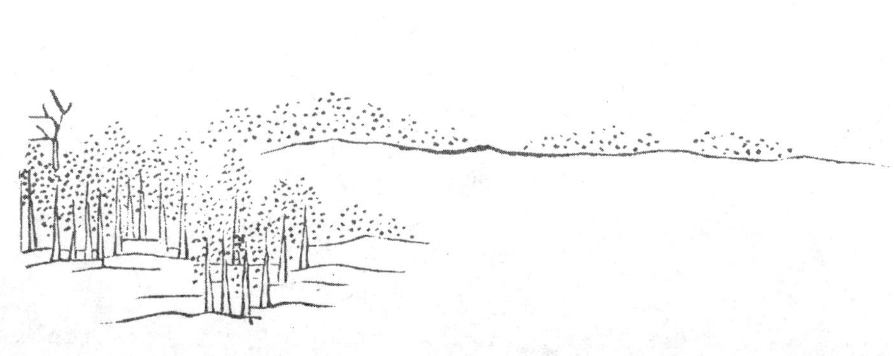

二

京房与汉元帝共论[1]，因问帝：幽、厉之君何以亡[2]？所任何人？答曰：其任人不忠。房曰：知不忠而任之，何邪？曰：亡国之君，各贤其臣，岂知不忠而任之？房稽首曰：将恐今之视古，亦犹后之视今也。(《汉书》曰：京房字君明，东郡顿丘人。尤好钟律，知音声，以孝廉为郎。是时中书令石显专权，及友人五鹿充宗为尚书令，与房同经，论议相是非，而此二人用事。房尝宴见，问上曰：幽、厉之君何以亡？所任何人？上曰：君亦不明，而臣巧佞。房曰：知其巧佞而任之邪？将以为贤邪？上曰：贤之。房曰：然则今何以知其不贤？上曰：以其时乱而君危知之。房曰：是任贤而理，任不肖而乱，自然之道也。幽、厉何不觉悟而蚤纳贤？何为卒任不肖以至亡？于是上曰：乱亡之君，各贤其臣。令皆觉悟，安得乱亡之君？房曰：齐桓、二世何不以幽、厉疑之，而任竖刁、赵高，政治日乱邪？上曰：唯有道者能以往知来耳。房曰：自陛下即位，盗贼不禁，刑人满市云云，问上曰：今治也？乱也？上曰：然愈于彼。房曰：前二君皆然。臣恐后之视今，犹今之视前也。上曰：今为乱者谁？房曰：上所亲与图事帷幄中者。房指谓石显及充宗。显等乃建言，宜试房以郡守，遂以房为东郡。显发其私事，坐弃市。)

注释

①汉元帝：刘奭，前48—前33年在位。

②幽：周幽王，宠爱褒姒，致失民心，被杀于骊山下，西周灭亡。厉：周厉王，实行残酷统治，终被“国人”赶走。

译文

京房和汉元帝一起谈论，他问元帝：“周幽王、周厉王为什么会亡国？他们任用的是什么人？”元帝答：“他们用的都是不忠的人。”京房道：“明明知道不忠却还任用，这是为什么？”元帝答：“亡国的君主都以为自己的臣子是好人，怎么会明知臣子不忠却任用他们？”京房叩头道：“恐怕今天看过去，也和以后看今天一样。”

七

晋武帝既不悟太子之愚[①]，必有传后意。诸名臣亦多献直言。帝尝在陵云台上坐，卫瓘在侧[②]，欲申其怀，因如醉跪帝前，以手抚床曰：此坐可惜[③]。帝虽悟，因笑曰：公醉邪？（《晋阳秋》曰：初，惠帝之为太子，咸谓不能亲政事。卫瓘每欲陈启废之而未敢也。后因会醉，遂跪床前曰：臣欲有所启。帝曰：公所欲言者，何邪？瓘欲言而复止者三，因以手抚床曰：此坐可惜。帝意乃悟，因谬曰：公真大醉也。帝后悉召东宫官属大会，令左右赍尚书处事以示太子，令处决。太子不知所对。贾妃以问外人，代太子对，多引古词义。给使张弘曰：太子不学，陛下所知，宜以见事断，不宜引书也。妃从之。弘具草奏,令太子书呈,帝大说,以示瓘。于是贾充语妃曰：卫瓘老奴，几败汝家。妃由是怨瓘，后遂诛之。）

注释

①晋武帝：司马炎。太子：晋惠帝司马衷，290—306年在位，以痴呆著称。

②卫瓘：字伯玉，官至太保。

③意为此座由蠢笨的太子来坐太可惜。

译文

晋武帝既然没有认识到太子的蠢笨，就决定传皇位于他。诸位大臣也多曾为此直言劝谏。武帝曾在陵云台上坐，卫瓘陪侍在旁，想说说自己的想法，便装着喝醉，跪在武帝面前，用手摸着御座道："这个座位真可惜。"武帝虽然明白他的意思，却笑道："你醉了么？"

九

王夷甫雅尚玄远①，常疾其妇贪浊，口未尝言钱字。(《晋阳秋》曰：夷甫善施舍，父时有假贷者，皆与焚券，未尝谋货利之事。王隐《晋书》曰：夷甫求富贵得富贵，资财山积，用不能消，安须问钱乎？而世以不问为高，不亦惑乎！）妇欲试之，令婢以钱绕床，不得行。夷甫晨起，见钱阂行，呼婢曰：举却阿堵物。

注释

①王夷甫：王衍，见《言语》二十三条刘注。玄远：指道家所崇尚的精妙而远离俗世的境界。

译文

王衍崇尚玄远，常常厌恶妻子的贪婪，而从不说“钱”字。妻子想试试他，便叫婢女用钱把床围起来，让他走不了。王衍早晨起来，见钱阻了路，便叫婢女道：“搬开这些东西！”

十四

郗太尉晚节好谈[①]，既雅非所经，而甚矜之。（《中兴书》曰：鉴少好学博览，虽不及章句，而多所通综。）后朝觐[②]，以王丞相末年多可恨[③]，每见，必欲苦相规诫。王公知其意，每引作它言。临还镇，故命驾诣丞相。丞相翘须厉色。上坐便言：方当乖别，必欲言其所见。意满口重，辞殊不流。王公摄其次曰：后面未期，亦欲尽所怀，愿公勿复谈。郗遂大瞋，冰衿而出，不得一言[④]。

注释

①郗太尉：郗鉴。

②郗于咸和三年被任为司空，犹镇京口，此次朝觐当为此。

③王丞相：王导。陶侃、庾亮先后欲起兵废王导，皆以郗鉴不许而止。

④衿为“矜”之误。清谈需口才，郗不擅此却自矜，要说服王，反被王快嘴快舌抢先，“不得一言”。

译文

郗鉴晚年好清谈，对此他未曾下过苦功，却颇自负。后来他到都城朝见皇上，因王导晚年做了许多可恨的事，每次见面，郗苦苦加以劝诫。王导知道他的意思，每每把话题引到别处。郗鉴临回镇守地时，特意乘车去拜访王导。王导翘着胡子，脸色严厉。郗鉴坐下便说：“就要离别，一定要说说我所见到的事。”他满肚子话，嘴却拙笨，话语极不流畅。王导便接过他的话头道：“后会无期，我也想说完心中的话，请你不必再说。”郗鉴大怒，脸色冷若冰霜地出去了，没有说上一句话。

十七

陆玩拜司空[①]。(《玩别传》曰：是时王导、郗鉴、庾亮相继薨殂，朝野忧惧，以玩德望，乃拜司空。玩辞让不获，乃叹息谓朋友曰：以我为三公，是天下无人矣。时人以为知言。）有人诣之，索美酒。得便自起，泻箸梁柱间地，祝曰：当今乏才，以尔为柱石之用，莫倾人栋梁。玩笑曰：戢卿良箴。

注释

①陆玩：字士瑶，吴郡人。

译文

陆玩被任为司空。有人来访，索要好酒。酒到手中，这人便起身，把酒倒在梁柱间的地上，祝道："如今国家缺少干才，用你为柱石，不要使栋梁塌了下来。"陆玩笑道："我将记住你的良言。"

十八

小庾在荆州[①]，公朝大会，问诸僚佐曰：我欲为汉高、魏武何如[②]？（翼别见。宋明帝《文章志》曰：庾翼名辈，岂应狂狷如此哉？时若有斯言，亦传闻者之谬矣。）一坐莫答，长史江虨曰：愿明公为桓、文之事[3]，不愿作汉高、魏武也。

注释

①小庾：庾翼。

②汉高、魏武：汉高祖刘邦、魏武帝曹操，皆为趁乱世而崛起的雄武之君。

③桓、文：指春秋时的霸主齐桓公、晋文公。两人称霸，都以尊崇周王室为号召。

译文

庾翼镇守荆州，在举行大朝会时，问手下的僚属们："我要做汉高祖、魏武帝，怎么样？"座中的人都没有回答，长史江虨说："希望您干齐桓公、晋文公的事业，而不希望您做汉高祖、魏武帝。"

二十

王右军与王敬仁、许玄度并善[1]。二人亡后，右军为论议更克。孔岩诫之曰：明府昔与王、许周旋有情。及逝没之后，无慎终之好，民所不取。右军甚愧。

注释

①王右军：王羲之。王敬仁：王修，见《文学》三十八条刘注。许玄度：许询。

译文

王羲之和王修、许询的关系都很好。这两人去世后，王羲之对他们的评论很苛刻。孔岩劝说道："您过去和王、许交往有情谊。到他们去世之后，却没有保持最终的友情，我认为这不可取。"王羲之极为惭愧。

二十三

殷觊病困[①]，看人政见半面。殷荆州兴晋阳之甲[②]，(《春秋公羊传》曰：晋赵鞅取晋阳之甲，以逐荀寅、士吉射。寅、吉射者，君侧之恶人。) 往与觊别，涕零，属以消息所患。觊答曰：我病自当差，正忧汝患耳。(《晋安帝纪》曰：殷仲堪兴兵，觊弗与同，且以己居小任，唯当守局而已。晋阳之事，非所宜豫也。仲堪每邀之，觊辄曰：吾进不敢同，退不敢异。遂以忧卒。)

注释

①殷觊：字伯道，陈郡人。他是殷仲堪的从兄。

②殷荆州：殷仲堪。晋安帝隆安元年，王恭在京口

以清君侧为名起兵，殷仲堪也在荆州举兵响应。

译文

殷觊病重，看人只见半个脸。殷仲堪起兵，去向殷觊告别，不觉流泪，嘱咐随时通告他的病情。殷觊答道："我的病自会好的，我担心的是你的祸患啊。"

二十四

远公在庐山中[①]，（《豫章旧志》曰：庐俗字君孝，本姓匡，夏禹苗裔，东野王之子。秦末，百越君长与吴芮助汉定天下，野王亡军中。汉八年，封俗鄡阳男，食邑兹部，印曰庐君。俗兄弟七人，皆好道术，遂寓于洞庭之山，故世谓庐山。孝武元封五年，南巡狩，浮江，亲睹神灵，乃封俗为大明公，四时秩祭焉。远法师《庐山记》曰：山在江州寻阳郡，左挟彭泽，右傍通川。有匡俗先生，出自殷、周之际，遁世隐时，潜居其下。或云匡俗受道于仙人，而共游其岭，遂托室崖岫，即岩成馆，故时人谓为神仙之庐而命焉。《法师游山记》曰：自托此山二十三载，再践石门，四游南岭，东望香炉峰，北眺九江。传闻有石井方湖，中有赤鳞踊出，野人不能叙，直叹其奇而已矣。）虽老，讲论不辍。弟子中或有堕者，远公曰：桑榆之光[②]，理无远照；但愿朝阳之晖[③]，与时并明耳。执经登坐，讽诵朗畅，词色甚苦。高足之徒，皆肃然增敬。

注释

①远公：释惠远，见《文学》六十一条刘注。

②桑榆：喻晚年，远公自指。

③朝阳：指年轻的弟子们。

译文

释惠远在庐山中，年纪虽大，仍然讲论佛法不停。他的弟子中有偷懒的，释惠远道："日暮的光亮，是照不远了，但愿朝阳的光辉，与时代同时大放光芒。"他拿着经书登上座位，高声朗诵，音调及表情都显得极为艰难。他的弟子无不肃然增加了对他的敬意。

捷悟第十一

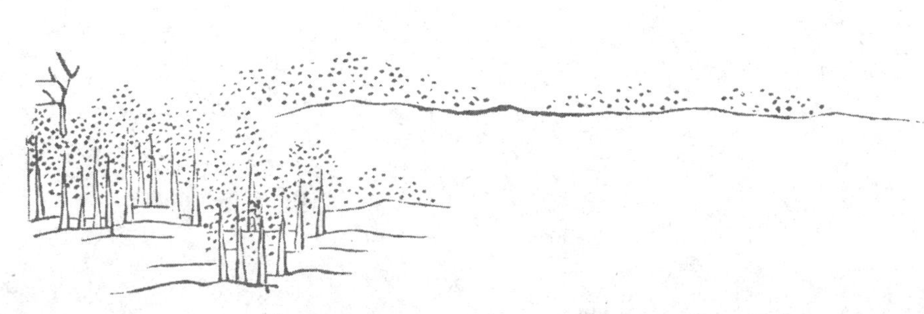

一

杨德祖为魏武主簿[1]。时作相国门，始构榱桷[2]。魏武自出看，使人题门作活字，便去。杨见，即令坏之。既竟，曰：门中活，阔字。王正嫌门大也。(《文士传》曰：杨修字德祖，弘农人，太尉彪子。少有才学思干。魏武为丞相，辟为主簿。修常白事，知必有反覆教，豫为答对数纸，以次牒之而行。敕守者曰：向白事，必教出相反覆，若按此次第连答之。已而风吹纸次乱，守者不别，而遂错误。公怒推问，修惭惧，然以所白甚有理，终亦是修。后为武帝所诛。)

注释

①魏武：魏武帝曹操。时曹操任相国，封魏王。

②榱桷：椽子。

译文

杨修任曹操的主簿。当时建相国府门，刚架椽子。曹操亲自来查看，叫人在门上题写了一“活”字，便去了。杨修见了，便叫把门拆掉。拆完后，他说：“门中有‘活’字，就是‘阔’。大王嫌门大了。”

二

人饷魏武一杯酪[①]。魏武啖少许，盖头上题合字以示众，众莫能解。次至杨修[②]，修便啖，曰：公教人啖一口也[③]，复何疑？

注释

①魏武：魏武帝曹操。

②杨修：见一条刘注。

③合字拆开来便是“人一口”，即一人一口。

译文

有人送给曹操一杯酪。曹操吃了一点儿，便在杯盖上题写了一“合”字给大家传看。大家都不知是什么意思。传到杨修，杨修便吃起来，说：“曹公叫每人吃一口，还犹豫什么？”

五

王敦引军垂至大桁[①]，明帝自出中堂[②]。温峤为丹阳尹，帝令断大桁。故未断，帝大怒瞋目，左右莫不悚惧。（按《晋阳秋》、邓纪皆云：敦将至，峤烧朱雀桥以阻其兵。而云未断大桁，致帝怒，大为伪谬。一本云帝自劝峤入，一本作啖饮帝怒，此则近也。）召诸公来。峤至不谢，但求酒炙。王导须臾至，徒跣下地[3]，谢曰：天威在颜，遂使温峤不容得谢。峤于是下谢，帝乃释然。诸公共叹王机悟名言。

注释

①大桁：晋建康正南朱雀门外的古浮桥，横跨淮河上。《晋书·明帝纪》："太宁二年七月，王敦派其兄王含及钱凤、周抚、邓岳等水陆五万至南岸，温峤移屯水北，烧朱雀桁。"

②明帝：晋明帝司马绍。

③徒跣：赤足。请罪的一种方式。

译文

王敦率军将至大桁，晋明帝亲自到中堂。温峤任丹阳尹，明帝命令他拆掉大桁。大桁未拆断，明帝大怒，横眉立目，左右的人无不恐惧。明帝召大臣们来。温峤到后不请罪，只顾要酒要肉。不一会儿王导来了，光着脚下地，谢罪道："皇上满脸怒气，遂使温峤没有找到请罪的时机。"温峤于是下席请罪，明帝才消了气。大臣们都赞叹王导机敏而出言精辟。

夙惠第十二

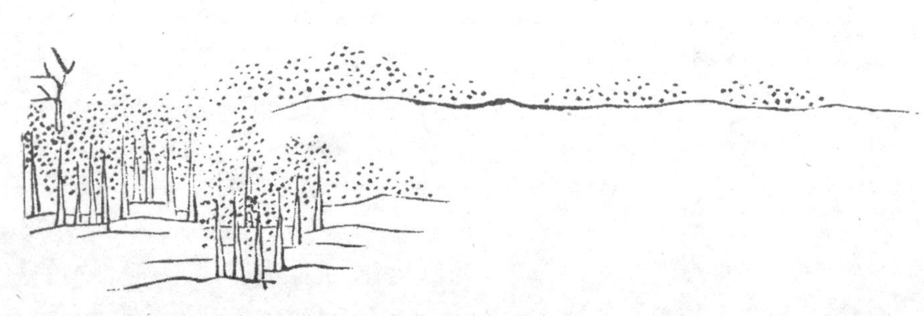

一

宾客诣陈太丘宿[①]，太丘使元方、季方炊[②]。客与太丘论议，二人进火，俱委而窃听。炊忘箸箄[③]，饭落釜中。太丘问：炊何不馏？元方、季方长跪曰：大人与客语，乃俱窃听，炊忘箸箄，饭今成糜。太丘曰：尔颇有所识不？对曰：仿佛志之。二子俱说，更相易夺，言无遗失。太丘曰：如此，但糜自可，何必饭也？

注释

①陈太丘：陈寔。

②元方：陈纪。季方：陈湛。

③箄：据注家解，当是“箅”之误。《说文》：“箅，蔽也。所以蔽甑底。”甑为蒸饭之具，底有七孔。蒸饭时须用箅遮住，米才不漏。

译文

客人到陈寔家投宿，陈寔叫陈纪、陈湛做饭。客人和陈寔谈论，兄弟俩点着了火，便放过一边来偷听。做饭时忘了放箅，饭漏进了锅中。陈寔问：“饭怎么还不熟？”陈纪、陈湛跪下道：“大人和客人说话，我们都来偷听，做饭忘了放箅，饭都成了粥。”陈寔问：“你们还能记得说了什么吗？”两人回答：“好像记得。”于是两人叙说，彼此插话补充，一句也没有漏掉。陈寔说：“这样，喝粥也可以，何必非得吃饭呢？”

二

何晏七岁，明惠若神，魏武奇爱之[①]。因晏在宫内，欲以为子。晏乃画地令方，自处其中。人问其故，答曰：何氏之庐也[②]。魏武知之，即遣还。（《魏略》曰：晏父蚤亡，太祖为司空时纳晏母。其时秦宜禄阿鳔亦随母在宫，并宠如子，常谓晏为假子也。）

注释

①魏武：魏武帝曹操。

②表明不愿改姓为曹氏子。

译文

何晏七岁时，聪明异常，曹操极喜欢他。因为何晏住在宫中，曹操便想收他为儿子。何晏便在地上画了一个方块，自己坐在里面。有人问他这是干什么，他回答：“这是何氏的房宅。”曹操听说了这事之后，马上让他回去了。

三

晋明帝数岁[1]，坐元帝膝上[2]。有人从长安来，元帝问洛下消息[3]，潸然流涕。明帝问何以致泣？具以东渡意告之[4]。因问明帝：汝意谓长安何如日远？答曰：日远。不闻人从日边来，居然可知。元帝异之。明日集群臣宴会，告以此意，更重问之。乃答曰：日近。元帝失色曰：尔何故异昨日之言邪？答曰：举目见日，不见长安。

注释

①晋明帝：司马绍。

②元帝：司马睿。

③洛下：洛阳，西晋都城。

④东渡：西晋末年，石勒破洛阳，掳晋怀帝，士大夫们纷纷东渡投奔在建康的琅邪王司马睿。

译文

司马绍几岁时，坐在司马睿的腿上。有人从长安来，司马睿问洛阳的消息，不觉流下眼泪。司马绍问为什么哭了，司马睿便告诉他东渡的缘由，于是问他；“你觉得长安和太阳哪个远？”司马绍答：“太阳远。没听说有人从太阳那儿来，据此可知太阳远。”司马睿很感惊异。第二天召集群臣宴会，说了司马绍的回答，又重问了一次。司马绍回答：“太阳近。”司马睿变了脸色，说：“你怎么和昨天说得不一样呢？”司马绍答：“因为抬头能看见太阳，看不见长安。”

五

韩康伯数岁[①]，家酷贫，至大寒，止得襦。母殷夫人自成之，令康伯捉熨斗，谓康伯曰：且箸襦，寻作复裈[②]。儿云：已足，不须复裈也。母问其故，答曰：火在熨斗中而柄热。今既箸襦，下亦当暖，故不须耳。母甚异之，知为国器。

注释

①韩康伯：即朝伯，历任豫章太守、领军将军。

②复裈：可套棉絮的夹裤。

译文

韩康伯几岁的时候，家中极为贫穷。到大寒之时，只有短衣穿。他的母亲殷夫人亲自裁缝，叫康伯拿着熨斗，对他说：“暂且穿着短衣，不久就做夹裤。”韩康伯说：“有短衣就行了，不必有夹裤。”母亲问为什么，他回答：“火在熨斗里而木柄也热了。现在既已穿上了短衣，下身也该暖和了，因此不必夹裤了。”母亲极感惊异，知道他将来会是治国之才。

豪爽第十三

一

王大将军年少时[①]，旧有田舍名，语音亦楚。武帝唤时贤共言伎艺事[②]。人皆多有所知，唯王都无所关，意色殊恶，自言知打鼓吹。帝令取鼓与之，于坐振袖而起，扬槌奋击，音节谐捷，神气豪上，傍若无人。举坐叹其雄爽。（或曰：敦尝坐武昌钓台，闻行般打鼓，嗟称其能。俄而一槌小异，敦以扇柄撞几曰：可恨！应侍侧曰：不然，此是回帆槌。使视之，云船人入夹口。应知鼓又善于敦也。）

注释

①王大将军：王敦。

②武帝：晋武帝司马炎。

译文

王敦年轻时，就有乡巴佬的名声，语音也土气。晋武帝召名士们一起谈说伎艺之事。别人都懂一些，唯有王敦什么也不懂。他的脸色很不好，自称会打鼓乐。武帝叫取鼓给他，他在座上挽了袖子起来，扬槌猛击，音节和谐快捷；他的神色豪迈，旁若无人。座中的人都赞叹他英雄豪爽。

二

王处仲世许高尚之目[①]，尝荒恣于色，体为之敝。左右谏之，处仲曰：吾乃不觉尔。如此者，甚易耳。乃开后阁，驱诸婢妾数十人出路，任其所之。时人叹焉。（邓粲《晋纪》曰：敦性简脱，口不言财，其存尚如此。）

注释

①王处仲：王敦。

译文

王敦被品评为“高尚”，得到世人的认可。他曾放纵于女色，因此身体虚弱。左右的人劝谏他，他说：“我并不觉得怎样。既然如此，那很容易。”于是打开后阁门，把数十个婢妾都赶上路，随她们到哪里去。当时的人赞叹他这一举动。

六

王大将军始欲下都处分树置[①]，先遣参军告朝廷，讽旨时贤。祖车骑尚未镇寿春[②]，瞋目厉声语使人曰：卿语阿黑：（敦小字也。）何敢不逊！催摄面去[③]，须臾不尔，我将三千兵槊脚令上！王闻之而止。

注释

①王大将军：王敦。

②祖车骑：祖逖。

③面：有注本作“回”字，较确。

译文

王敦要到都城处置、安排朝廷中的官员，先派参军告知朝廷，将此意思转致朝中大臣。祖逖这时还没去镇守寿春，他怒目厉声对使者说：“你回去告诉阿黑，怎敢无礼！催他把这一套收回去，迟延片刻，我就率三千兵跟着冲上去！”王敦听了这话，便打消了念头。

九

桓公读《高士传》①，至於陵仲子，便掷去曰：谁能做此溪刻自处！（皇甫谧《高士传》曰：陈仲子字子终，齐人。兄戴相齐，食禄万钟。仲子以兄禄为不义，乃适楚，居於陵。曾乏粮三日，匍匐而食井李之实，三咽而后能视。身自织履，命妻擗纑，以易衣食。尝归省母，有馈其兄生鹅者。仲子颦蹙曰：恶用此鶃鶃为哉！后母杀鹅，仲子不知而食之。兄自外入曰：鶃鶃肉邪！仲子出门，哇而吐之。楚王闻其名，聘以为相。乃夫妇逃去，为人灌园。)

注释

①桓公：桓温，见《言语》五十五条刘注。

译文

桓温读《高士传》，读到於陵仲子，便把书扔到一边，说："谁能这样刻薄地对待自己！"

十

桓石虔，司空豁之长庶也，(《豁别传》曰：豁字朗子，温之弟。累迁荆州刺史，赠司空。)小字镇恶。年十七八未被举，而童隶已呼为镇恶郎。尝住宣武斋头，从征枋头[①]。车骑冲没陈[②]，左右莫能先救。宣武谓曰：汝叔落贼，汝知不？石虔闻之，气甚奋。命朱辟为副，策马于数万众中，莫有抗者。径致冲还，三军叹服。河朔后以其名断疟。(《中兴书》曰：石虔有才干，有史学，累有战功。仕至豫州刺史，增后军将军。)

注释

①晋废帝太和四年，温第三次北伐。秋至枋头（今河南浚县），因粮运断绝，退兵途中遭燕军追击，大败。

②冲：桓冲。

译文

桓石虔是司空桓豁的庶长子，小名镇恶。十七八岁时还没被举荐出仕，而奴仆们已称他为镇恶郎。他曾住在桓温的府邸中，随桓温出征枋头。车骑将军桓冲陷入敌阵中，左右的人都不敢去救。桓温对他说："你叔叔落入敌人手中，你知道不？"石虔听了，豪气极壮。他叫朱辟为副手，跃马于数万敌兵中，无人能抵抗他。于是把桓冲救了回来，三军将士叹服。后来河北一带用他的名字来驱疟鬼。

十三

桓玄西下，入石头[①]。外白：司马梁王奔叛。（《续晋阳秋》曰：梁王珍之字景度。《中兴书》曰：初，桓玄篡位，国人有孔璞者，奉珍之奔寻阳。义旗既兴，归朝廷，仕至太常卿，以罪诛。）玄时事形已济，在平乘上笳鼓并作，直高咏云：箫管有遗音，梁王安在哉[②]？（阮籍《咏怀》诗也。）

注释

①石头：石头城。桓玄于安帝元兴元年三月率荆州军进入建康，第二年十二月篡位。石头城为建康

的屏障。

②句出阮籍《咏怀》诗第三十一篇。该篇借古讽今，以战国时之魏王（梁王）喻当时的魏君。此借指梁王司马珍之。

译文

桓玄西下进入石头城。外面报告："梁王司马珍之叛逃了。"桓玄这时已控制了局势，在大船上吹笳击鼓，高声吟诵："箫管有遗音，梁王安在哉？"

容止第十四

容止第十四

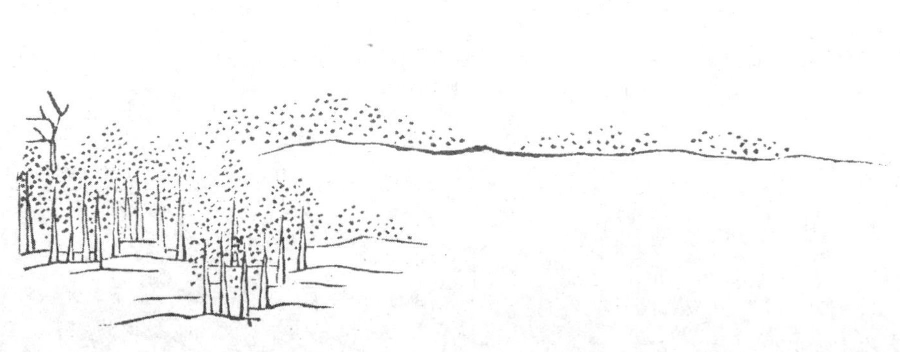

一

魏武将见匈奴使[①]，自以形陋，不足雄远国，(《魏氏春秋》曰：武王姿貌短小，而神明英发。)使崔季珪代，帝自捉刀立床头。既毕，令间谍问曰：魏王何如？匈奴使答曰：魏王雅望非常，(《魏志》曰：崔琰字季珪，清河东武城人。声姿高畅，眉目疏朗，须长四尺，甚有威重。)然床头捉刀人，此乃英雄也。魏武闻之，追杀此使。

注释

①魏武：魏武帝曹操，此时封魏王。

译文

曹操将要见匈奴的使者，认为自己形貌丑陋，不能称雄于远方之国，便叫崔琰代自己，他拎着刀站在坐榻边。接见完毕，他叫探子问使者："魏王怎样？"匈奴使者答："魏王仪表非凡，但榻边拎刀的人，才是真英雄。"曹操听后，追杀了这个使者。

五

嵇康身长七尺八寸[①]，风姿特秀。(《康别传》曰：

康长七尺八寸，伟容色，土木形骸，不加饰厉，而龙章凤姿，天质自然。正尔在群形之中，便自知非常之器。）见者叹曰：萧萧肃肃[2]，爽朗清举。或云：肃肃如松下风[3]，高而徐引。山公曰[4]：嵇叔夜之为人也，岩岩若孤松之独立[5]；其醉也，傀俄若玉山之将崩[6]。

注释

①嵇康：字叔夜，谯国铚人。

②萧萧：耸立貌。肃肃：严正貌。

③肃肃：指风声劲烈。

④山公：山涛，字巨源。

⑤岩岩：高峻貌。

⑥傀俄：倾颓貌。

译文

嵇康身高七尺八寸，风度仪表极秀美。见了他的人叹道："高耸而严正，爽朗清拔。"又有人说："肃肃如松树下的风，缓缓地向高空吹去。"山涛说："嵇叔夜的为人，高峻如独立的孤松。他醉时，摇摇欲倒如玉山将要崩塌。"

十

裴令公有俊容姿[1]。一旦有疾至困，惠帝使王夷甫往看[2]。裴方向壁卧，闻王使至，强回视之。王出语人曰：双目闪闪，若岩下电。精神挺动[3]，体中故小恶。(《名士传》曰：楷病困，诏遣黄门郎王夷甫省之。楷回眸属夷甫云：竟未相识。夷甫还，亦叹其神俊。)

注释

①裴令公：裴楷，官至中书令。

②惠帝：司马衷，291—306年在位。王夷甫：王衍，见《言语》二十三条刘注。

③挺动：即摇晃意。此指精神恍惚。挺，动摇。《吕氏春秋·忠廉》注："挺，犹动也。"

译文

裴楷姿容俊美。一天得病极重，惠帝叫王衍去看他。裴楷正朝着墙躺着，听说皇上派人来了，便勉强转身回看。王衍出来对人说："他两目闪闪，像山岩下的闪电。精神恍惚，是因为身体不大舒服。"

十三

刘伶身长六尺，貌甚丑悴，而悠悠忽忽[1]，土木形骸[2]。(梁祚《魏国统》曰：刘伶，字伯伦，形貌丑陋，身长六尺；然肆意放荡，悠焉独畅。自得一时，常以宇宙为狭。）

注释

①悠悠忽忽：指刘对世事不在意，整日游荡，沉溺酒中的情态。

②土木形骸：指形体如土木般自然，以本来面目示人。

译文

刘伶身高六尺，相貌丑陋。他悠悠忽忽地，毫不修饰仪态。

十五

有人诣王太尉[①]，遇安丰、大将军、丞相在坐[②]。往别屋见季胤、平子[③]。（石崇《金谷诗叙》曰：王诩字季胤，琅邪人。《王氏谱》曰：诩，夷甫弟也，仕至修武令。）还，语人曰：今日之行，触目见琳琅珠玉。

注释

①王太尉：王衍，见《言语》二十三条刘注。

②安丰：王戎。大将军：王敦。丞相：王导。

③平子：王澄。

译文

有人去拜访王衍，遇见王戎、王敦、王导在座。在另一间屋子又看见了王诩、王澄。回来后，这人对人说："今天这一趟，所见满眼是琳琅的珠玉。"

十九

卫玠从豫章至下都[①]，人久闻其名，观者如堵墙。玠先有羸疾，体不堪劳，遂成病而死。时人谓看杀卫玠。(《玠别传》曰：玠在群伍之中，实有异人之望。龆龀时，乘白羊车于洛阳市上，咸曰：谁家璧人？于是家门州党号为璧人。按《永嘉流人名》曰：玠以永嘉六年五月六日至豫章，其年六月二十日卒。此则玠之南度豫章四十五日，岂暇至下都而亡乎？且诸书皆云玠亡在豫章，而不云在下都也。)

注释

①卫玠：见《言语》三十二条刘注。

译文

卫玠从豫章到建康，人们久闻他的大名，围观的人如墙。卫玠本来就病弱，身体不堪劳累，于是得病去世。当时的人说："看死了卫玠。"

二十七

刘尹道桓公[①]：鬓如反猬皮[②]，眉如紫石棱[③]，自是孙仲谋、司马宣王一流人[④]。（宋明帝《文章志》曰：温为温峤所赏，故名温。《吴志》曰：孙权字仲谋，策弟也。汉使者刘琬语人曰：吾观孙氏兄弟，虽并有才秀明达，皆禄胙不终。唯中弟孝廉，形貌魁伟，骨体不恒，有大贵之表。《晋阳秋》曰：宣王天姿杰迈，有英雄之略。）

注释

①刘尹：刘惔。桓公：桓温，见《言语》五十五条刘注。

②反猬皮：指鬓毛粗硬不顺，如刺猬皮反转，倒长着。

③紫石棱：形容眉骨突出，如紫石的棱角。

④孙仲谋：三国吴主孙权。司马宣王：司马懿。

译文

刘惔评桓温道："鬓毛如反猬皮，眉峰似紫石棱，乃是孙仲谋、司马宣王一类的人物。"

三十五

海西时[1]，诸公每朝，朝堂犹暗。唯会稽王来[2]，轩轩如朝霞举。

注释

①海西：晋废帝司马奕。

②会稽王：司马昱。

译文

司马奕当皇帝，大臣们每次上朝时，朝堂光线较暗。唯有司马昱来，仪态轩昂如朝霞升起。

自新第十五

自然亦平安

一

周处年少时，凶强侠气，为乡里所患。(《处别传》曰：处字子隐，吴郡阳羡人。父鲂，吴鄱阳太守。处少孤，不治细行。《晋阳秋》曰：处轻果薄行，州郡所弃。）又义兴水中有蛟，山中有邅迹（一作白额。）虎，并皆暴犯百姓。义兴人谓为三横，而处尤剧。或说处杀虎斩蛟，实冀三横唯余其一。处即刺杀虎，又入水击蛟。蛟或浮或没，行数十里，处与之俱。经三日三夜，乡里皆谓已死，更相庆。竟杀蛟而出，闻里人相庆，始知为人情所患，有自改意。(《孔氏志怪》曰：义兴有邪足虎，溪渚长桥有苍蛟，并大啖人，郭西周，时谓郡中三害。周即处也。）乃自吴寻二陆[①]。平原不在，正见清河，具以情告，并云：欲自修改，而年已蹉跎，终无所成。清河曰：古人贵朝闻夕死[②]，况君前途尚可。且人患志之不立，亦何忧令名不彰邪？处遂改励，终为忠臣孝子。(《晋阳秋》曰：处仕晋为御史中丞，多所弹纠。氐人齐万年反，乃令处距万年。伏波孙秀欲表处母老，处曰：忠孝之道，何当得两全？乃进战。斩首万计。弦绝矢尽，左右劝退，处曰：此是吾授命之日。遂战而没。）

注释

①二陆：陆机、陆云兄弟。陆机，曾任平原内史。陆云，曾任清河内史。

②《论语·里仁》："朝闻道，夕死可也。"意为不管年寿之长短，发愤学习不止。

译文

周处年轻时，凶狠任性，成为乡里的祸害。又，义兴水中有蛟，山上有神出鬼没的虎，都伤害百姓。义兴人称之为"三横"，其中尤以周处最凶。有人劝周处杀虎斩蛟，指望"三横"只留一"横"。周处即刺杀了老虎，又进入水中杀蛟。蛟或沉或浮，在水里游了几十里，周处一直跟着。过了三天三夜，乡里都以为周处死了，便庆贺起来。最后周处杀了蛟回来，听说乡里人在庆贺，才知道自己被人们所厌恶，有了改正的心思。于是他到吴去找二陆。陆机不在，遇到了陆云。他把事情说了，并说："我想改正，但虚度了这么多年，怕最后无所成就。"陆云说："古人看重朝闻夕死，何况你的前途还可以。人怕的是没有树立志向，有了志向，还怕好名声不传扬么？"于是周处励志改正，最终成为忠臣孝子。

二

戴渊少时[①]，游侠不治行检，尝在江、淮间攻掠商旅。陆机赴假还洛，辎重甚盛。渊使少年掠劫，渊在岸上，据胡床[②]，指麾左右，皆得其宜。渊既神姿峰颖，虽处鄙事，神气犹异。机于船屋上遥谓之曰：卿才如此，亦复作劫邪？渊便泣涕，投剑归机，辞厉非常。机弥重之，定交，作笔荐焉。（虞预《晋书》曰：机荐渊于赵王伦曰：盖闻繁弱登御，然后高墉之功显；孤竹在肆，然后降神之曲成。伏见处士戴渊，砥节立行，有井渫之洁；安穷乐志，无风尘之慕。诚东南之遗宝，朝廷之贵璞也。若得寄迹康衢，必能结轨骥騄；耀质廊庙，必能垂光瑜璠。夫枯岸之民，果于输珠；润山之客，烈于贡玉。盖明暗呈形，则庸识所甄也。伦即辟渊。）过江，仕至征西将军。

注释

①戴渊：戴俨。

②胡床：一种可折叠的轻便坐具。

译文

戴渊少年时，好游侠，行为不检点，曾在长江、淮河间掠夺商人、旅客。陆机休完假回洛阳，行李极多。戴渊叫少年们抢劫，他在岸上，坐着胡床，指挥手下的人，有条有理。戴渊情态敏捷，虽干着卑鄙的事，但神色非凡。陆机在船舱上远远地对他说："你有这样的才干，为什么还做强盗呢？"戴渊不觉泪下，放下剑投奔了陆机，言语极为慷慨。陆机更加重视他，与他结为朋友，并写信推荐他。过江之后，戴渊官至征西将军。

企羡第十六

二

王丞相过江[①]，自说昔在洛水边，数与裴成公、阮千里诸贤共谈道[②]。羊曼曰[③]：人久以此许卿，何须复尔？王曰：亦不言我须此，但欲尔时不可得耳。（欲，一作叹。）

注释

①王丞相：王导。

②裴成公：裴颜，见《言语》二十三条刘注。阮千里：阮瞻。

③羊曼：字延祖，官至丹阳尹。

译文

王导过江后，讲述过去在洛水边，多次与裴颜、阮瞻等名士一起谈道。羊曼说："人们早已因此而赞许你，何必再说这些？"王导说："我并非在炫耀自己，只是想再有那样的情景却不可得了。"

三

王右军得人以《兰亭集序》方《金谷诗序》[①]，又以己敌石崇[②]，甚有欣色。（王羲之《临河叙》曰：

永和九年，岁在癸丑，莫春之初，会于会稽山阴之兰亭，修禊事也。群贤毕至，少长咸集。此地有崇山峻岭，茂林修竹。又有清流激湍，映带左右。引以为流觞曲水，列坐其次。是日也，天朗气清，惠风和畅，娱目骋怀，信可乐也。虽无丝竹管弦之盛，一觞一咏，亦足以畅叙幽情矣。故列序时人，录其所述。右将军司马太原孙丞公等二十六人，赋诗如左，前余姚令会稽谢胜等十五人不能赋诗，罚酒各三斗。）

注释

①王右军：王羲之。永和九年三月三日，王与谢安等四十一人会于会稽山阴之兰亭，修祓禊之礼，诗文结集，王为作序。

②石崇：见后文《汰侈》八条刘注。

译文

王羲之得知人们以《兰亭集序》比《金谷诗序》，又把自己与石崇相提并论，极为高兴。

四

王司州先为庾公记室参军①，后取殷浩为长史②。始到，庾公欲遣王使下都，王自启求住曰：下官希见盛德③，渊源始至，犹贪与少日周旋。

注释

①王司州：王胡之。庾公：庾亮。

②殷浩：字渊源，官至扬州刺史、中军将军。

③盛德：敬称有德的人。

译文

王胡之先任庾亮的记室参军，后来庾亮任殷浩为长史。殷浩刚到，庾亮想派王胡之到都城，王胡之请求留下来，说："我想见见有德的人。殷渊源刚到，我很希望与他盘桓几天。"

五

郗嘉宾得人以己比符坚[①]，大喜。

注释

①郗嘉宾：郗超。符坚：又写作苻坚。

译文

郗超得知人们把他与符坚相比，大喜。

伤逝第十七

一

王仲宣好驴鸣。(《魏志》曰：王粲字仲宣，山阳高平人。曾祖龚、父畅[1]，皆为汉三公。粲至长安见蔡邕，邕奇之，倒屣迎之曰：此王公孙，有异才，吾不及也。吾家书籍，尽当与之。避乱荆州，依刘表，以粲貌寝通脱，不甚重之。太祖以从征吴，道中卒。)既葬，文帝临其丧[2]，顾语同游曰：王好驴鸣，可各作一声以送之。赴客皆一作驴鸣。(按戴叔鸾母好驴鸣，叔鸾每为驴鸣以说其母。人之所好，傥亦同之。)

注释

①父畅：据《三国志》，当作“祖父畅”。

②文帝：魏文帝曹丕。

译文

王粲爱听驴叫。他死后下葬时，魏文帝来参加丧礼，对王粲的朋友们说：“王粲爱听驴叫，大家可各学叫一声送他。”于是来客都学了一声驴叫。

二

王濬冲为尚书令[1]，著公服，乘轺车[2]，经黄公酒垆下过，（韦昭《汉书注》曰：垆，酒肆也。以土为堕，四边高似垆也。）顾谓后车客：吾昔与嵇叔夜、阮嗣宗共酣饮于此垆③。竹林之游④，亦预其末。自嵇生夭、阮公亡以来，便为时所羁绁。今日视此虽近，邈若山河。（《竹林七贤论》曰：俗传若此。颍川庾爰之尝以问其伯文康，文康云：中朝所不闻，江左忽有此论，皆好事者为之也。）

注释

①王濬冲：王戎。

②轺车：古时一种小型轻便马车。

③嵇叔夜：嵇康。阮嗣宗：阮籍。

④竹林：指竹林七贤。魏晋之际，嵇康、阮籍、阮咸、山涛、向秀、刘伶、王戎七人常聚于竹林吟诗饮酒，称“竹林七贤”。

译文

王戎任尚书令，穿着官服，乘着轺车，路过黄公酒垆，对车后的人说：“我往时与嵇叔夜、阮嗣宗一起痛饮于这家酒垆。竹林的聚会，我也参与其中。自从嵇生夭折、阮公故去以来，我就为世事所缠身。今天看到这个酒垆虽然很近，却又觉得远得像浩茫的山河。”

四

王戎丧儿万子，山简往省之[①]，王悲不自胜。简曰：孩抱中物，何至于此？王曰：圣人忘情，最下不及情。情之所钟，正在我辈。（王隐《晋书》曰：戎子绥，欲取裴遁女。绥既蚤亡，戎过伤痛，不许人求之，遂至老无敢取者。）简服其言，更为之恸。（一说是王夷甫丧子，山简吊之。）

注释

①山简：山涛的儿子。字季伦，官至尚书。

译文

王戎的儿子万子死了。山简前往探访，王戎万分悲伤。山简说：“孩子不过是怀抱中的东西，何必这样悲伤？”王戎说：“圣人超出于感情之上，最下等的人没有感情。沉溺于感情中的，正是我们这些人。”山简认为这话有理，也为之大哭了一场。

六

卫洗马以永嘉六年丧[①]，谢鲲哭之[②]，感动路人。（《永嘉流人名》曰：玠以六年六月二十日亡，葬南昌城许征墓东。玠之薨，谢幼舆发哀于武昌，感恸不自胜。人问：子何恤而致哀如是？答曰：栋梁折矣，何得不哀？）咸和中[③]，丞相王公教曰[④]：卫洗马当改葬。此君风流名士，海内所瞻，可修薄祭，以敦旧好。（《玠别传》曰：玠咸和中改迁于江宁。丞相王公教曰：洗马明当改葬。此君风流名士，海内民望，可修三牲之祭，以敦旧好。）

注释

①卫洗马：卫玠，见《言语》三十二条刘注。永嘉：晋怀帝年号（307—313）。

②谢鲲：字幼舆，为豫章太守。好老、易，善音乐，以琴书为业。

③咸和：晋成帝年号（326—334）。

④王公，王导。

译文

卫玠在永嘉六年去世，谢鲲哭吊，感动了与卫玠不相识的人。咸和年间，丞相王导指示：“卫洗马应当改葬。这人是风流名士，受到海内人士的瞻仰，可以举行小范围的祭奠，以纪念过去的情谊。”

十一

支道林丧法虔之后[①]，精神陨丧，风味转坠。

(《支遁传》曰：法虔，道林同学也。俊朗有理义，遁甚重之。）常谓人曰：昔匠石废斤于郢人，(《庄子》曰：郢人垩漫其鼻端若蝇翼，使匠石运斤斫之，垩尽而鼻不伤，郢人立不失容。）牙生辍弦于钟子，(《韩诗外传》曰：伯牙鼓琴，钟子期听之。方鼓琴，志在太山，子期曰：善哉乎，鼓琴，巍魏乎，若太山。莫景之间，志在流水，子期曰：善哉乎，鼓琴，洋洋乎，若流水。钟子期死，伯牙擗琴绝弦，终身不复鼓之，以为在者无足为之鼓琴也。）推己外求，良不虚也。冥契既逝，发言莫赏，中心蕴结，余其亡矣！却后一年，支遂殒。

注释

①支道林：即支遁。

译文

支道林在法虔去世后，精神颓丧，风度情趣大为退步。他常对人说："古时匠石因郢人死而不再用斧，伯牙因钟子期死而不再弹琴。以我的体会来考察，相信这不会是假的。知心朋友既死，说话无人欣赏，心中郁结，我可能要死了。"过了一年，支道林便去世了。

十六

王子猷、子敬俱病笃①，而子敬先亡。(献之以泰元十三年卒，年四十五。）子猷问左右：何以都不闻消息？此已丧矣。语时了不悲。便索舆来奔丧，都不哭。子敬素好琴，便径入坐灵床上，取子敬琴弹。弦既不调，掷地云：子敬！子敬！人琴俱亡。因恸绝良久，月余亦卒。（《幽明录》曰：泰元中，有一师从远来，莫知所出。云：人命应终，有生乐代者，则死者可生。若逼人求代，亦复不过少时。人闻此，咸怪其虚诞。王子猷、子敬兄弟，特相和睦。子敬疾属纩，子猷谓之曰：吾才不如弟，位亦通塞，请以余年代弟。师曰：夫生代死者，以己年限有余，得以足亡者耳。今贤弟命既应终，君侯算亦当尽，复何所代？子猷先有背疾，子敬疾笃，恒禁来往。闻亡，便抚心悲惋，都不得一声，背即溃裂。推师之言，信而有实。）

注释

①王子猷：王徽之。子敬：王献之。

译文

王徽之、王献之兄弟都病重，而王献之先去世了。王徽之问左右的人："怎么听不到一点消息？这是已经死了。"说时一点儿也不悲伤。于是便叫驾车去奔丧，临丧却不哭。王献之一向爱弹琴，王徽之便到灵床上，拿过王献之的琴来弹。琴弦怎么也调不好，他把琴扔到地上道："子敬！子敬！人和琴都死了。"于是痛哭昏厥了好久，一个多月后他也去世了。

十九

桓玄当篡位，语卞鞠云[①]：(卞范已见。)昔羊子道恒禁吾此意[②]。今腹心丧羊孚，爪牙失索元，(《索氏谱》曰：元字天保，敦煌人。父绪，散骑常侍。元历征虏将军、历阳太守。《幽明录》曰：元在历阳，疾病，西界一年少女子姓某，自言为神所降，来与元相闻，许为治护。元性刚直，以为妖惑，收以付狱，戮之于市中。女临死曰：却后十七日，当令索元知其罪。如期，元果亡。)而匆匆作此诋突，讵允天心？

注释

①卞鞠：卞范之。

②羊子道：羊孚，官至太尉参军。

译文

桓玄要篡位，对卞范之说："过去羊子道常反对我这个念头。如今我的谋士羊孚死了，武将索元死了，而匆匆地干这种遭人恨骂的事，怎会符合天意？"

栖逸第十八

诗空第十八

一

阮步兵啸[1]，闻数百步。苏门山中，忽有真人[2]，樵伐者咸共传说。阮籍往观，见其人拥膝崖侧。籍登岭就之，箕踞相对[3]。籍商略终古，上陈黄、农玄寂之道[4]，下考三代盛德之美以问之[5]，仡然不应。复叙有为之教[6]，栖神导气之术以观之[7]。彼犹如前，凝瞩不转。籍因对之长啸。良久，乃笑曰：可更作。籍复啸。意尽，退还半岭许，闻上㗖然有声，如数部鼓吹，林谷传响。顾看，乃向人啸也。（《魏氏春秋》曰：阮籍常率意独驾，不由径路，车迹所穷，辄恸哭而反。尝游苏门山，有隐者莫知姓名，有竹实数斛，杵臼而已。籍闻而从之，谈太古无为之道，论五帝三王之义。苏门先生翛然曾不眄之。籍乃嘐然长啸，韵响寥亮。苏门先生乃逌尔而笑。籍既降，先生喟然高啸，有如凤音。籍素知音，乃假苏门先生之论以寄所怀。其歌曰：日没不周西，月出丹渊中。阳精晦不见，阴光代为雄。亭亭在须臾，厌厌将复隆。富贵俯仰间，贫贱何必终。《竹林七贤论》曰：籍归，遂著《大人先生论》，所言皆胸怀间本趣，大意谓先生与己不异也。观其长啸相和，亦近乎目击道存矣。）

注释

①阮步兵：阮籍。啸：嘬口发出长而清越的声音。

②真人：得道的人。

③箕踞：伸腿而坐。为傲慢不敬之容。

④黄：黄帝轩辕氏，上古五帝之一。农：炎帝神农氏，上古五帝之一。

⑤三代：指夏、商、周。

⑥有为：佛教指因缘所生的世间事物，也称有为法，相对无为法而言。此泛指佛教。

⑦栖神：又称栖真，道家谓保其根本，养其元神。导气：道家养生术的一种。此泛指道家。

译文

阮籍的啸声能传至几百步之外。在苏门山中，忽然出现一位真人，砍柴的都相互传说。阮籍去探看，见这人抱膝坐在崖侧。阮籍爬上山峰走近，箕踞相对而坐。阮籍回溯远古，上起黄帝、神农氏深奥而简约的治理之道，下至三代盛德的精华，以此就教，对方毫无答言。阮籍又叙说有为的教义、栖神导气的法术以试探对方。真人仍如先前，连眼珠都不转。于是阮籍对着他长啸。过了好一会儿，这人才说："可再长啸。"阮籍便又长啸。兴味尽了，阮籍回返走到半山腰，听到上面有了声音，好像是几套鼓吹乐器在演奏，树林山谷回响。回头望去，原来是刚才那位在长啸。

三

山公将去选曹[1]，欲举嵇康。康与书告绝[2]。(康《别传》曰：山巨源为吏部郎，迁散骑常侍。举康，康辞之，并与山绝。岂不识山之不以一官遇己情邪？亦欲标不屈之节，以杜举者之口耳。乃答涛书，自说不堪流俗，而非薄汤武。大将军闻而恶之。)

注释

①山公：山涛，字巨源。“竹林七贤”之一。

②参见嵇康著《与山巨源绝交书》一文。

译文

山涛要离开吏部，想推荐嵇康接替。嵇康去信和他绝交。

六

阮光禄在东山[1]，萧然无事，常内足于怀。(《阮裕别传》曰：裕居会稽剡山，志存肥遁。)有人以问王右军[2]，右军曰：此君近不惊宠辱，(《老子》曰：宠辱若惊，得之若惊，失之若惊。)虽古之沈冥[3]，何以过此？

（《杨子》曰：蜀庄沈冥。李轨注曰：沈冥，犹玄寂，泯然无迹之貌。）

注释

①阮光禄：阮裕。

②王右军：王羲之。

③沈冥：隐晦，泯灭无迹。此指阮晦迹不仕，犹如古代之隐士。

译文

阮裕隐居在东山，逍遥无事，时常感到自我满足。有人向王羲之说起阮裕，王羲之说："这人近来不为宠辱所动，即便是古代的隐士，怎能超过他？"

十

孟万年及弟少孤[①]，居武昌阳新县。万年游宦，有盛名当世。少孤未尝出，京邑人士思欲见之，乃遣信报少孤，云兄病笃。狼狈至都。时贤见之者，莫不嗟重，因相谓曰：少孤如此，万年可死[②]。（袁宏《孟处士铭》曰：处士名陋，字少孤，武昌阳新人，吴司空孟宗后也。少而希古，布衣蔬食，栖迟蓬荜之下，绝人间之事，亲族慕其孝。大将军命会稽王辟之，称疾不至。相府历年虚位，而澹然无闷，卒不降志，时人奇之。）

注释

①孟万年：孟嘉。

②此句赞叹少孤如此优秀，万年死也值得。

译文

孟嘉和弟弟孟陋住在武昌阳新县。孟嘉出仕后，在当世名声很大。孟陋没曾出来过，京都的人士想见见他，便派人送信报告孟陋，说："你哥哥病重。"孟陋匆忙赶到都城。当时名士见了他，莫不赞叹、敬重他，彼此谈论说："少孤这样优秀，万年死也值得。"

十六

许掾好游山水，而体便登陟[①]。时人云：许非徒有胜情，实有济胜之具。

注释

①许掾：许询。

译文

许询爱游山水，而他的身体状况也便于登攀。当时的人说："许询不但有美好的情趣，而且有达到美好的条件。"

贤媛第十九

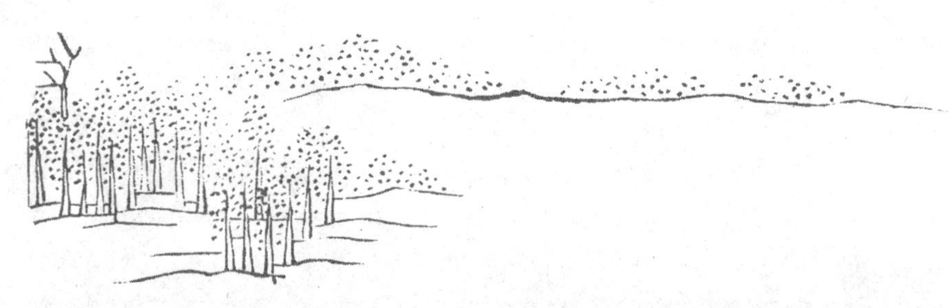

二

汉元帝宫人既多，乃令画工图之。欲有呼者，辄披图召之。其中常者，皆行货赂。王明君姿容甚丽，志不苟求，工遂毁为其状。后匈奴来和，求美女于汉帝，帝以明君充行。既召见而惜之。但名字已去，不欲中改，于是遂行。(《汉书·匈奴传》曰：竟宁元年，呼韩邪单于求朝，自言愿婿汉氏以自亲，元帝以后宫良家子王嫱字明君赐之。单于欢喜，上书愿保塞。文颖曰：昭君本蜀郡秭归人也。《琴操》曰：王昭君者，齐国王穰女也。年十七，仪形绝丽，以节闻国中。长者求之者，王皆不许，乃献汉元帝。帝造次不能别房帷，昭君恚怒之。会单于遣使，帝令宫人装出。使者请一女，帝乃谓宫中曰：欲至单于者起。昭君喟然越席而起。帝视之，大惊悔。是时使者并见，不得止，乃赐单于。单于大说，献诸珍物。昭君有子曰世违。单于死，世违继之。凡为胡者，父死妻母，昭君问世违曰：汝为汉也？为胡也？世违曰：欲为胡耳。昭君乃吞药自杀。石季伦曰：昭以触文帝讳，故改为明。)

译文

汉元帝后宫美人很多，便叫画工画美人的像。要召美人，就看图召幸。其中长相平常的，都贿赂画工。王明君非常漂亮，不干这种苟且的事，画工就把她画丑了。

后来匈奴来议和，向汉元帝求取美女，汉元帝便派王明君去。汉元帝召见了王明君后很感可惜，但是她的名字已经报过去，不能再改，于是王明君便走了。

三

汉成帝幸赵飞燕，飞燕谗班婕妤祝诅，于是考问。辞曰：妾闻死生有命，富贵在天。修善尚不蒙福，为邪欲以何望？若鬼神有知，不受邪佞之诉；若其无知，诉之何益？故不为也。(《汉书·外戚传》曰：成帝赵皇后，本长安宫人。初生，父母不举，三日不死，乃收养之。及壮，属河阳主家学歌舞，号曰飞燕。帝微行过主，见而说之，召入宫，大得幸，立为后。班婕妤者，雁门人。成帝初，选入宫，大得幸，立为婕妤。帝游后庭，尝欲与同辇，婕妤辞之。赵飞燕谮许皇后及婕妤，婕妤对有辞致，上怜之，赐黄金百斤。飞燕娇妒，婕妤恐见危，中求供养太后于长信宫。帝崩，婕妤充奉园陵。薨，葬园中。)

译文

汉成帝宠幸赵飞燕，赵飞燕进谗说班婕妤祈祷时诅咒皇上，于是便拷问。班婕妤说："我听说死生有命，富贵在天。修善尚且得不到福，做邪恶之事还有什么希望？如果鬼神有知，就不会相信邪恶的祈祷；如果鬼神无知，祈祷又有什么用？所以我不会干这种事。”

六

许允妇是阮卫尉女，德如妹，（《魏略》曰：允字士宗，高阳人。少与清河崔赞俱发名于冀州，仕至领军将军。《陈留志名》曰：阮共字伯彦，尉氏人。清真守道，动以礼让。仕魏，至卫尉卿。少子侃，字德如，有俊才，而饬以名理。风仪雅润，与嵇康为友。仕至河内太守。）奇丑。交礼竟，允无复入理，家人深以为忧。会允有客至，妇令婢视之，还答曰：是桓郎。桓郎者，桓范也。（《魏略》曰：范字允明，沛郡人。仕至大司农，为宣王所诛。）妇云：无忧，桓必劝入。桓果语许云：阮家既嫁丑女与卿，故当有意，卿宜察之。许便回入内。既见妇，即欲出。妇料其此出，无复入理，便捉裾停之。许因谓曰：妇有四德，卿有其几？（《周礼》：九嫔掌妇学之法，以教九御。妇德、妇言、妇容、妇功。郑注曰：德谓贞顺，言谓辞令，容谓婉娩，功谓丝枲。）妇曰：新妇所乏唯容尔。然士有百行，君有几？许云：皆备。妇曰：夫百行以德为首，君好色不好德，可谓皆备？允有惭色，遂相敬重。

译文

许允的妻子是阮共的女儿、阮侃的妹妹，特别丑。

举行完交拜礼，许允不想再进室内见新娘，家人很感忧愁。正值许允有客人来，新娘叫婢女去看看。婢女回来报告说："是桓郎。"桓郎就是桓范。新娘说："不必发愁，桓范必劝许允进来。"桓范果然对许允说："阮家既然把丑女嫁给你，肯定有用意，你应考察考察。"许允便进了内室。他见了新娘，随即就要出来。新娘料到他这次出去，不会再回来了，便拉住他的衣襟不让走。许允便对她说："妻子应有四德，你有几德？"新娘说："我所缺少的只是容貌。不过士人应有多方面的品行，你具备多少？"许允说："我都具备。"新娘说："这多方面的品行以德为首，你重容貌不重德，怎么能说都具备？"许允有惭愧之色，于是开始敬重新娘。

七

许允为吏部郎[①]，多用其乡里，魏明帝遣虎贲收之[②]。其妇出诫允曰[③]：明主可以理夺，难以情求。既至，帝核问之。允对曰：举尔所知。臣之乡人，臣所知也。陛下检校为称职与不，若不称职，臣受其罪。既检校，皆官得其人，于是乃释。允衣服败坏，诏赐新衣。初，允被收，举家号哭。阮新妇自若云：勿忧，寻还。作粟粥待，顷之允至。（《魏氏春秋》曰：初，允为吏部，选迁郡守。明帝疑其所用非次，将加其罪。允妻阮氏跣出，谓曰：明主可以理夺，不可以情求。允颔之而入。帝怒诘之，允对曰：某郡太守虽限满，文书先至，年限在后，日限在前。帝前取事视之，乃释然。遣出，望其衣败，曰：清吏也。）

注释

①许允：见六条刘注。

②魏明帝：曹睿。

③妇：即阮共女，参见六条。

译文

许允任吏部郎，选用的人大多是他的同乡，魏明帝派武士来抓他。妻子出来告诫许允："圣明的君主可以用理来说服，不能用感情打动他。"到了朝廷，明帝审问他。许允回答："古语说'推举你了解的人'。我的乡人，是我所了解的。陛下考查他们是否称职，如果不称职，我愿领罪。"经过考查，都选任得当，于是就把他释放了。许允衣服破旧，明帝下诏赐给新衣。当许允被捕时，全家号哭。阮女平静地说："别担心，不久就会回来。"做小米粥等着。不一会儿，许允就回来了。

八

许允为晋景王所诛[①]，门生走入告其妇[②]。妇正在机中，神色不变，曰：早知尔耳。（《魏志》曰：初，领军与夏侯玄、李丰亲善。有诈作尺一诏书，以玄为大将军，允为太尉，共录尚书事。无何，有人天未明乘马以诏版付允门吏，曰：有诏。因便驱走。允投书烧之，不以关呈景王。《魏略》曰：明年，李丰被收，允欲往见大将军。已出门，允回遑不定，中道还取袴。大将军闻而怪之曰：我自收李丰，士大夫何为匆匆乎？会镇北将军刘静卒，以允代静。大将军与允书曰：镇北虽少事，而都典一方。念足下震华鼓，建朱节，历本州，此所谓著绣昼行也。会有司奏允前擅以厨钱谷，乞诸俳及其官属。减死徙边，道死。《魏氏春秋》曰：允之为镇北，喜谓其妻曰：吾知免矣。妻曰：祸见于此，何免之有？《晋诸公赞》曰：允有正情，与文帝不平，遂幽杀之。《妇人集》载阮氏与允书，陈允祸患所起，辞甚酸怆，文多不录。）门人欲藏其儿，妇曰：无豫诸儿事。后徙居墓所，景王遣钟会看之，若才流及父，当收。儿以咨母。母曰：汝等虽佳，才具不多，率胸怀与语，便无所忧。不须极哀，会止便止。又可少问朝事。儿从之。会反以状对，卒免。（《世语》曰：允二子：奇，字子太。猛，字子豹。并有治理。《晋诸公赞》曰：奇，泰始中为太常丞，世祖尝祠庙，奇应行事，朝廷以奇受害之门，不令接近，出为长史。世祖下诏，述允宿望，又称奇才，擢为尚书祠部郎。猛礼学儒博，加有才识，为幽州刺史。）

注释

①晋景王：司马师。

②妇：阮共女，参见六条。

译文

许允被晋景王处死，门生跑进来告诉他妻子。许妻正在机上织布，神色不变地说："早就知道会这样。"门生要把她儿子藏起来，许妻说："这不关几个儿子的事。"后来她搬到许允的墓旁住，晋景王派钟会去探看，说如果许允的儿子才干如父亲，也抓起来。儿子请教母亲。母亲说："你们几个虽然不错，但才干不多。你们想什么就说什么，就不会有事。不必表现得很悲伤，钟会止哀你们也止哀。还有要少问朝廷的事。"儿子听从了母亲的话。钟会回去将情况报告了，许允的儿子才免于难。

九

王公渊娶诸葛诞女[①]。入室言语始交，王谓妇曰：新妇神色卑下，殊不似公休。妇曰：大丈夫不能仿佛彦云[②]，而令妇人比踪英杰。（《魏氏春秋》曰：王广字公渊，王凌子也。有风量才学，名重当世。与傅嘏等论才性同异，行于世。《魏志》曰：广有志尚学行，凌诛，并死。臣谓王广名士，岂以妻父为戏，此言非也。）

注释

①诸葛诞：字公休，见《品藻》四条刘注。

②彦云：王凌。

译文

王广娶了诸葛诞的女儿。过了门两人刚交谈，王广就对新娘说："你神色卑下，极不像公休。"新娘说："你这大丈夫不能像彦云，却叫妻子和英杰相比。"

十一

山公与嵇、阮一面[①]，契若金兰[②]。山妻韩氏，觉公与二人异于常交，问公。公曰：我当年可以为友者，唯此二生耳。妻曰：负羁之妻亦亲观狐、赵[③]，意欲窥之，可乎？他日，二人来，妻劝公止之宿，具酒肉。夜穿墉以视之，达旦忘反。公入曰：二人何如？妻曰：君才致殊不如，正当以识度相友耳。公曰：伊辈亦常以我度为胜。(《晋阳秋》曰：涛雅素恢达，度量弘远，心存事外，而与时俯仰。尝与阮籍、嵇康诸人著忘言之契。至于群子，屯蹇于世，涛独保浩然之度。王隐《晋书》曰：韩氏有才识，涛未仕时，戏之曰：忍寒，我当作三公，不知卿堪为夫人不耳？)

注释

①山公：山涛。嵇、阮：嵇康、阮籍。

②金兰：指交友相投合。

③负羁：春秋时曹共公的大夫。狐、赵：狐偃、赵衰，两人都是春秋时晋文公的大臣。晋文公即位前流亡至曹，狐、赵随行，结识了负羁。

译文

山涛和嵇康、阮籍见了一面，彼此便极为相投。山涛的妻子觉得山涛和这两人的交情非同一般，便问山涛。山涛说："我到如今可以作为朋友的，唯有这两个人。"山涛的妻子说："负羁的妻子也曾亲自观察狐偃、赵衰，我想观察一下这两人，可以么？"某日，两人来，妻子劝山涛留他们住下，并准备了酒肉。夜里她透过墙缝观察，一直到早上也没回来。山涛进来道："两人怎样？"妻子说："你的才气远不如他们，只是凭着识见度量才彼此为友。"山涛说："他们也常认为我的度量胜过他人。"

二十

陶公少时[1]，作鱼梁吏[2]，尝以坩鲊饷母[3]。母封鲊付使，反书责侃曰：汝为吏，以官物见饷，非唯不益，乃增吾忧也。(《侃别传》曰：母湛氏，贤明有法训。侃在武昌，与佐吏从容饮燕，常有饮限。或劝犹可少进，侃凄然良久曰：昔年少，曾有酒失，二亲见约，故不敢逾限。及侃丁母忧，在墓下，忽有二客来吊，不哭而退。仪服鲜异，知非常人。遣随视之，但见双鹤冲天而去。《幽明录》曰：陶公在寻阳西南一塞取鱼，自谓其池曰鹤门。按吴司徒孟宗为雷池监，以鲊饷母，母不受。非侃也。疑后人因孟假为此说。)

注释

①陶公：陶侃。

②鱼梁：一种捕鱼的设施。

③坩：盛物的陶器，如缸瓮之类。鲊：经加工制作便于贮藏的鱼肉食品。

译文

陶侃年轻时任鱼梁吏，曾送给母亲一罐鲊。母亲把鲊封好交给来人，回信责备陶侃道：“你任吏，用公家的东西给我，不但没什么好处，反倒增加我的忧虑。”

二十四

桓车骑不好箸新衣①。浴后，妇故送新衣与。(《桓氏谱》曰：冲娶琅邪王恬女，字女宗。)车骑大怒，催使持去。妇更持还，传语云：衣不经新，何由而故？桓公大笑，箸之。

注释

①桓车骑：桓冲，桓温之弟，官至车骑将军。

译文

桓冲不爱穿新衣。洗浴后，夫人故意送新衣给他。桓冲大怒，叫人赶紧拿走。夫人又把新衣拿了回来，传话说："衣服不经过新，怎么会旧？"桓冲大笑，穿上了。

三十

谢遏绝重其姊[①]，张玄常称其妹[②]，欲以敌之。有济尼者，并游张、谢二家。人问其优劣，答曰：王夫人神情散朗[③]，故有林下风气[④]。顾家妇清心玉映[⑤]，自是闺房之秀。

注释

①谢遏：谢玄。姊：谢道蕴。

②张玄：张玄之，字祖希。

③王夫人：指谢道蕴。

④林下风气：形容娴雅超脱，有名士风度。

⑤顾家妇：张玄妹嫁顾家。

译文

谢玄极看重他姐姐，张玄常称赞自己的妹妹，想与谢玄的姐姐相比。有个叫济尼的尼姑，来往于张、谢两家。有人问这两位女子的高下。济尼说：“王夫人神情疏朗，有林下的风度。顾夫人心地清静如玉光映照，也是闺房中的优秀者。”

术解第二十

一

荀勖善解音声，时论谓之暗解[①]。遂调律吕，正雅乐[②]。每至正会，殿庭作乐，自调宫商，无不谐音。阮咸妙赏，时谓神解[③]。每公会作乐，而心谓之不调。既无一言直勖，意忌之，遂出阮为始平太守。后有一田父耕于野，得周时玉尺，便是天下正尺。荀试以校己所治钟鼓、金石[④]、丝竹，皆觉短一黍[⑤]，于是伏阮神识。(《晋后略》曰：钟律之器，自周之末废，而汉成、哀之间，诸儒修而治之。至后汉末，复隳矣。魏氏使协律知音者杜夔造之，不能考之典礼，徒依于时丝管之声、时之尺寸而制之，甚乖失礼度。于是世祖命中书监荀勖依典制定钟律。既铸律管，募求古器，得周时玉律数枚，比之不差。又诸郡舍仓库，或有汉时故钟，以律命之，皆不叩而应，声响韵合，又若俱成。《晋诸公赞》曰：律成，散骑侍郎阮咸谓勖所造声高，高则悲。夫亡国之音哀以思，其民困。今声不合雅，惧非德政中和之音，必是古今尺有长短所致。然今钟磬是魏时杜夔所造，不与勖律相应，音声舒雅，而久不知夔所造，时人为之，不足改易。勖性自矜，乃因事左迁咸为始平太守，而病卒。后得地中古铜尺，校度勖今尺，短四分，方明咸果解音，然无能正者。干宝《晋纪》曰：荀勖始造《正德》《大象》之舞，以魏杜夔所制律吕，校大乐本音不和。后汉至魏,尺长于古四分有余,而夔据之,是以失韵。乃依《周礼》，积粟以起度量，以度古器，符于本铭。遂以为式，用之郊庙。)

注释

①暗解：自然理解。

②雅乐：用于郊庙朝会的正乐。

③神解：极强的理解力。

④金石：钟磬类乐器。

⑤黍：古时度量衡定制，皆以黍为准。长度即取黍的中等子粒，以一个纵黍为一分，百黍即一尺。

译文

荀勖善于理解音乐，舆论称他为“暗解”。他调整音律，改进雅乐。每到正式大会时，大殿上奏乐，他都亲自调理五音，使音韵极为谐和。阮咸善于欣赏，舆论称他为“神解”。每当大会奏乐时，他心里认为不谐调。尽管他没对荀勖说什么，但荀勖嫉妒他，便把他派出去任始平太守。后来有一个农夫在田里耕作，拾到一个周代的玉尺，这便是当时标准的尺。荀勖用它来校核自己制定的钟鼓、金石、丝竹等乐器，都觉得短一黍，于是才佩服阮咸的神解。

七

郭景纯过江[1]，居于暨阳。墓去水不盈百步，时人以为近水。景纯曰：将当为陆。(《璞别传》曰：璞少好经术，明解卜筮。永嘉中，海内将乱，璞投策叹曰：黔黎将同异类矣！便结亲昵十余家，南渡江，居于暨阳。)今沙涨，去墓数十里皆为桑田。其诗曰：北阜烈烈[2]，巨海混混[3]；垒垒三坟，唯母与昆。

注释

①郭景纯：郭璞。

②烈烈：威武貌。此形容北岗之势。

③混混：波浪声。

译文

郭璞渡江后住在暨阳。他母亲的墓离水边不到百步，当时的人说离水太近了。郭璞说："这儿不久将变成陆地。"如今泥沙淤积，墓地几十里以内都成了良田。郭璞的诗道："北岗高又高，大海扬波浪。垒垒三座坟，埋着母与弟。"

十

郗愔信道甚精勤[1]，常患腹内恶，诸医不可疗。闻于法开有名[2]，往迎之。既来便脉云：君侯所患，正是精进太过所致耳。合一剂汤与之。一服，即大下，去数段许纸如拳大。剖看，乃先所服符也[3]。（《晋书》曰：法开善医术。尝行，莫投主人[4]，妻产，而儿积日不坠。法开曰：此易治耳。杀一肥羊，食十余脔而针之。须臾儿下，羊膏裹儿出。其精妙如此。）

注释

①郗愔：郗鉴的长子，字方回，官至侍中，司徒。

②于法开：见《文学》四十五条刘注。

③符：道家用来驱鬼召神或治病延年的秘密文书。

④莫：同“暮”，晚间。

译文

郗愔信道极为勤奋，常患肚疼病，医生们都治不好。他听说于法开医术著名，便请了来。于法开来后把脉，说：“你的病正是因为太过于信道所致。”便合了一剂汤药给郗愔。郗愔服了后大泻，泻下几块如拳头大的纸团。剖开一看，乃是先前服用的符。

巧艺第二十一

三

陵云台楼观精巧。先称平众木轻重，然后造构，乃无锱铢相负揭[①]。台虽高峻，常随风摇动，而终无倾倒之理。魏明帝登台[②]，惧其势危，别以大材扶持之，楼即颓坏。论者谓轻重力偏故也。(《洛阳宫殿簿》曰：陵云台上壁方十三丈，高九尺。楼方四丈，高五丈。栋去地十三丈五尺七寸五分也。)

注释

①锱铢：古代重量单位，一锱等于六铢。

②魏明帝：即司马睿。

译文

陵云台楼阁建得精巧。先称匀了木材的轻重，然后建造，连一锱一铢的差别也没有。陵云台虽然高峻，常随风摇晃，却决不会倾倒。魏明帝登台，担心它的状态危险，另用大木支撑起来，陵云台便倒塌了。议论的人说，这是力量轻重失去了平衡所致。

四

钟会是荀济北从舅[①]，二人情好不协。荀有宝剑，可直百万，常在母钟夫人许。(《孔氏志怪》曰：勖以宝剑付妻。)会善书，学荀手迹，作书与母取剑，仍窃去不还。(《世语》曰：会善学人书，伐蜀之役，于剑阁要邓艾章表，皆约其言。令词旨倨傲，多自矜伐。艾由此被收也。)荀勖知是钟而无由得也，思所以报之。后钟兄弟以千万起一宅[2]。始成，甚精丽，未得移住。荀极善画，乃潜往画钟门堂，作太傅形象[3]，衣冠状貌如平生。二钟入门，便大感恸，宅遂空废。(《孔氏志怪》曰：于时咸谓勖之报会，过于所失数十倍。彼此书画，巧妙之极。)

注释

①荀济北：荀勖。

②钟兄弟：钟毓、钟会。

③太傅：钟繇，见《言语》十一条刘注。

译文

钟会是荀勖的堂舅，两人关系不好。荀勖有宝剑，价值百万，常放在母亲钟夫人处。钟会擅长书法，仿荀勖的手迹，写了信向钟夫人要剑，拿去便不还了。荀勖知道是钟会干的，却没法要回来，便想报复他。后来钟氏兄弟花费上千万的钱建起一座房宅。刚建成，极为精美，还没搬进去住。荀勖善于画画，便偷偷地去新宅在钟家门堂上画了太傅的像，衣着相貌都和活着时一样。二钟进门见了父亲的像，便极为悲痛，这所房宅便空废了。

六

戴安道就范宣学[①]，（《中兴书》曰：逵不远千里，往豫章诣范宣。宣见逵，异之，以兄女妻焉。）视范所为：范读书亦读书，范钞书亦钞书。唯独好画，范以为无用，不宜劳思于此。戴乃画《南都赋》图。范看毕咨嗟，甚以为有益，始重画。

注释

①戴安道：戴逵。

译文

戴逵来向范宣学习，看范宣干什么：范宣读书他也读书；范宣抄书他也抄书。唯独对戴逵好画这件事，范宣认为无用，不应在这方面劳神。戴逵便画了《南都赋》图。范宣看了赞叹，认为画画是很有益的事，这才开始重视画画。

九

顾长康画裴叔则[①]，颊上益三毛。人问其故，顾曰：裴楷俊朗有识具，正此是其识具。看画者寻之，定觉益三毛如有神明，殊胜未安时。（恺之历画古贤，皆为之赞也。）

注释

①顾长康：顾恺之。裴叔则：裴楷。

译文

顾恺之画裴楷，在颊上添了三根毛。人问其中原因，他说："裴楷俊逸清朗有识见，这正体现了他的识见。"看画的仔细比较，果真发现添了三根毛好像增了精神，大大胜过没添三根毛时。

十三

顾长康画人[①]，或数年不点目精。人问其故，顾曰：四体妍蚩，本无关于妙处；传神写照，正在阿堵中。

注释

①顾长康：顾恺之。

译文

顾恺之画人物，有时几年都不画瞳仁。人问为什么，顾恺之说："四肢身体画得好坏，根本无关于妙处。传神之笔，就在这瞳仁上。"

宠礼第二十二

交际第二十二

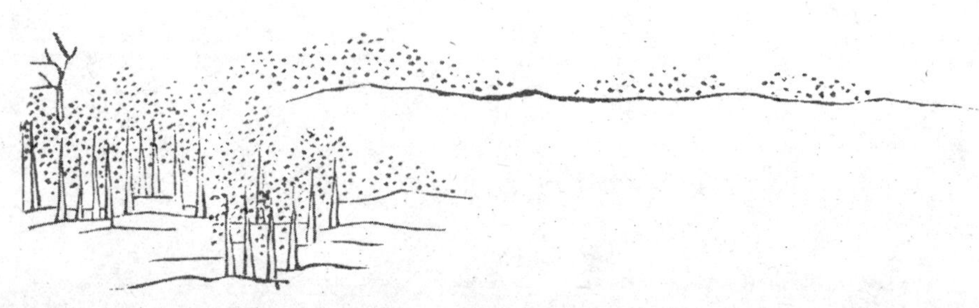

二

桓宣武尝请参佐入宿[1]，袁宏、伏滔相次而至。莅名，府中复有袁参军。彦伯疑焉，令传教更质。传教曰：参军是袁、伏之袁[2]，复何所疑?

注释

①桓宣武：桓温，见《言语》五十五条刘注。

②袁、伏：当时袁宏、伏滔二人齐名。

译文

桓温曾请部下进府住宿，袁宏、伏滔陆续到来。报名时，发现府中还有个袁参军。袁宏怀疑，叫通报的人去打听，通报的人说:“参军就是称作袁、伏的那个袁宏，还怀疑什么？”

三

王珣、郗超并有奇才，为大司马所眷拔[1]。珣为主簿，超为记室参军。超为人多须，珣状短小。于时荆州为之语曰：髯参军，短主簿，能令公喜，能令公怒[2]。(《续晋阳秋》曰：超有才能，珣有器望，并为温所昵。)

注释

①大司马：桓温，见《言语》五十五条刘注。

②公：指桓温。

译文

王珣、郗超都有奇才，受桓温器重得到提拔。王珣任主簿，郗超任记室参军。郗超胡子茂密，王珣个子矮小。当时荆州的人评论说："胡子参军，矮子主簿，能叫公高兴，能叫公发怒。"

任诞第二十三

一

陈留阮籍、谯国嵇康、河内山涛，三人年皆相比，康年少亚之。预此契者：沛国刘伶、陈留阮咸、河内向秀、琅邪王戎[①]。七人常集于竹林之下，肆意酣畅，故世谓竹林七贤。(《晋阳秋》曰：于时风誉扇于海内，至于今咏之。)

注释

①刘伶：见《容止》十三条刘注。

译文

陈留人阮籍、谯国人嵇康、河内人山涛，三人年龄差不多，嵇康年龄稍小些。加入他们这个朋友圈子的，还有沛国人刘伶、陈留人阮咸、河内人向秀、琅邪人王戎。这七人常聚集在竹林里，忘情地喝酒畅谈，因此世上称之为“竹林七贤”。

二

阮籍遭母丧，在晋文王坐进酒肉。司隶何曾亦在坐[①]，(《晋诸公赞》曰：何曾字颖考，陈郡阳夏人。父夔，魏太仆。曾以高雅称，加性仁孝，累迁司隶校尉。用心甚正，朝廷师之。仕晋至太宰。)曰：明公方以孝治天下，而阮籍以重丧，显于公坐饮酒食肉。宜流之海外，以正风教。文王曰：嗣宗毁顿如此，君不能共忧之，何谓？且有疾而饮酒食肉，固丧礼也②。籍饮啖不辍，神色自若。(干宝《晋纪》曰：何曾尝谓阮籍曰：卿恣情任性，败俗之人也。今忠贤执政，综核名实，若卿之徒，何可长也？复言之于太祖，籍饮啖不辍。故魏、晋之间，有被发夷傲之事，背死忘生之人，反谓行礼者，籍为之也。《魏氏春秋》曰：籍性至孝，居丧虽不率常礼，而毁几灭性。然为文俗之士何曾等深所仇疾。大将军司马昭爱其通伟，而不加害也。)

注释

①司隶：司隶校尉，掌纠察京师百官及所辖附近各郡。

②《礼记·曲礼》："居丧之礼……有疾则饮酒食肉。"

译文

阮籍在母亲的丧期内，在司马昭处喝酒吃肉。司隶校尉何曾也在座，对司马昭说："明公正以孝道治天下，而阮籍在重丧期中，公然在您这儿饮酒吃肉。应该把他流放到海外，以端正风俗教化。"司马昭说："阮嗣宗这么虚弱，你不能一同为他担心，还说什么？况且有病而饮酒吃肉，也是丧礼中允许的。"阮籍不停地吃喝，神色坦然。

三

刘伶病酒[①]，渴甚，从妇求酒。妇捐酒毁器，涕泣谏曰：君饮太过，非摄生之道，必宜断之！伶曰：甚善。我不能自禁，唯当祝鬼神，自誓断之耳。便可具酒肉。妇曰：敬闻命。供酒肉于神前，请伶祝誓。伶跪而祝曰：天生刘伶，以酒为名。一饮一斛[②]，五斗解酲。（毛公注曰：酒病曰酲。）妇人之言，慎不可听。便引酒进肉，隗然已醉矣。（见《竹林七贤论》。）

注释

①刘伶：见《容止》十三条刘注。

②斛：古量器名。原十斗为一斛，后改为五斗。

译文

刘伶病酒，极渴，和妻子要酒。妻子泼了酒、毁了酒器，哭着劝道："你喝得太多，这不是养生之道，一定要戒掉。"刘伶说："很好。我自己戒不了，只能向鬼神祝祷，发誓戒掉。那你就准备酒肉吧。"妻子说："就照你说的办。"将酒肉供到神前，叫刘伶祝祷发誓。刘伶跪下祝道："天生刘伶，以酒为命。一顿喝一斛，五斗才能解酲。女人的话，小心不要听。"于是喝酒吃肉，又颓然醉过去了。

四

刘公荣与人饮酒，杂秽非类。人或讥之，答曰：胜公荣者，不可不与饮。不如公荣者，亦不可不与饮。是公荣辈者，又不可不与饮。故终日共饮而醉。（《刘氏谱》曰：昶字公荣，沛国人。《晋阳秋》曰：昶为人通达，仕至兖州刺史。）

译文

刘昶和人喝酒，乌七八糟的什么人都有。有人讥讽他，他回答："胜过我的，不可不和他喝。不如我的，也不可不和他喝。和我差不多的，又不可不和他喝。"于是他整天和人喝得大醉。

六

刘伶恒纵酒放达[①]，或脱衣裸形在屋中。人见讥之，伶曰：我以天地为栋宇，屋室为裈衣，诸君何为入我裈中？（邓粲《晋纪》曰：客有诣伶，值其裸袒。伶笑曰：吾以天地为宅舍，以屋宇为裈衣，诸君自不当入我裈中，又何恶乎？其自任若是。）

注释

①刘伶：见《容止》十三条刘注。

译文

刘伶常常纵酒放任自己，有时脱了衣服裸体在屋中。有人见了讥笑他，他说：“我以天地为房子，以住室为衣裤，你们为什么进了我的裤子里？”

七

阮籍嫂尝还家，籍见与别。或讥之，（《曲礼》：嫂叔不通问。故讥之。）籍曰：礼岂为我辈设也？

译文

阮籍的嫂子要回娘家，阮籍见了和她告别。有人讥笑他，他说：“那些礼节难道是为我这种人制定的么？”

八

阮公邻家妇有美色[①]，当垆酤酒。阮与王安丰常从妇饮酒[②]，阮醉，便眠其妇侧。夫始殊疑之，伺察，终无他意。（王隐《晋书》曰：籍邻家处子有才色，未嫁而卒。籍与无亲，生不相识，往哭，尽哀而去。其达而无检，皆此类也。)

注释

①阮公：阮籍。

②王安丰：王戎。

译文

阮籍邻居家的女人很漂亮，开店卖酒。阮籍和王戎常到女人店中喝酒，阮籍喝醉了，便睡在女人的旁边。女人的丈夫开始时很有疑心，暗中观察，最终没有发现阮籍有别的用意。

十

阮仲容（咸也。）步兵居道南[①]，诸阮居道北。北阮皆富，南阮贫。七月七日，北阮盛晒衣，皆纱罗锦绮。仲容以竿挂大布犊鼻裈于中庭[②]。人或怪之，答曰：未能免俗，聊复尔耳。(《竹林七贤论》曰：诸阮前世皆儒学，善居室，唯咸一家尚道弃事，好酒而贫。旧俗：七月七日，法当晒衣，诸阮庭中，烂然锦绮。咸时总角，乃竖长竿，挂犊鼻裈也。)

注释

①阮仲容：阮咸。步兵：注家认为此二字为衍文。

②犊鼻裈：短裤，或谓围裙。

译文

阮咸住在道南，其他几位阮姓住在道北。北阮都富，南阮穷。七月七日，北阮把衣服拿出来晒，都是绫罗绸缎。阮咸用竹竿将粗布短裤挂在院中间。有人感到不解，他回答："我也不能免俗，姑且凑个热闹而已。"

十一

阮步兵（籍也。）丧母[①]，裴令公（楷也。）往吊之[②]。阮方醉，散发坐床，箕踞不哭[③]。裴至，下席于地，哭，吊唁毕，便去。或问裴：凡吊，主人哭，客乃为礼。阮既不哭，君何为哭？裴曰：阮方外之人[④]，故不崇礼制。我辈俗中人，故以仪轨自居。时人叹为两得其中。（《名士传》曰：阮籍丧亲，不率常礼。裴楷往吊之，遇籍方醉，散发箕踞，傍若无人。楷哭泣尽哀而退，了无异色，其安同异如此。戴逵论之曰：若裴公之致吊，欲冥外以护内，有达意也，有弘防也。）

注释

①阮步兵：阮籍。

②裴令公：裴楷。

③箕踞：两腿叉开而坐，如簸箕状，是一种轻慢的

坐姿。

④方外：世俗之外。

译文

阮籍的母亲去世，裴楷前往吊唁。阮籍正醉酒，披着头发坐在床上，箕踞不哭。裴楷来后，将席子放在地上，哭吊完毕，便走了。有人问裴楷："凡去吊唁，主人哭，客人才行礼。阮籍既然不哭，你哭什么？"裴楷说："阮籍是方外之人，所以不崇尚礼制。我是世俗中的人，就应以礼数来约束自己。"当时的人感叹说这两人各得其所。

十五

阮仲容先幸姑家鲜卑婢[①]。及居母丧，姑当远移。初云当留婢，既发，定将去。仲容借客驴箸重服自追之，累骑而返。曰：人种不可失。即遥集之母也[②]。（《竹林七贤论》曰：咸既追婢，于是世议纷然。自魏末沉沦闾巷，逮晋咸宁中，始登王途。《阮孚别传》曰：咸与姑书曰：胡婢遂生胡儿。姑答书曰：《鲁灵光殿赋》曰：胡人遥集于上楹，可字曰遥集也。故孚字遥集。）

注释

①阮仲容：阮咸。鲜卑：晋时北方的少数民族。

②遥集：阮孚，字遥集，陈留人。他是阮咸的二儿子，官至吏部尚书。

译文

阮咸宠幸姑家的鲜卑婢女。在他居母丧期间，姑姑要移居远方。开始说要把婢女留下来，出发的时候，又一定要带她走。阮咸借了客人的驴，穿着重孝服亲自去追，用驴把婢女驮了回来。他说："人种不能失掉。"这婢女就是阮孚的母亲。

十七

刘道真少时[①]，常渔草泽，善歌啸，闻者莫不留连。有一老妪，识其非常人，甚乐其歌啸，乃杀豚进之。道真食豚尽，了不谢。妪见不饱，又进一豚。食半余半，乃还之。后为吏部郎，妪儿为小令史[②]，道真超用之。不知所由，问母，母告之。于是赍牛酒诣道真，道真曰：去！去！无可复用相报。（刘宝已见。）

注释

①刘道真：刘宝。

②令史：汉代为郎官以下的掌文书的低级官职。

译文

刘宝年轻时，常在草泽中打鱼。他擅长唱歌长啸，听的人都流连忘返。有一位老婆婆知道他是个不同一般的人，也极喜欢听他唱歌长啸，于是杀了头小猪给他吃。刘宝把小猪吃完，一句也不谢。老婆婆见他不饱，又送上一只小猪。他吃了一半，把剩下一半还给了老婆婆。后来刘宝任吏部郎，老婆婆的儿子任小令史，刘宝破格提拔了他。他不知什么原因，问母亲，母亲告诉了他。于是他带着牛肉和酒去拜谢刘宝。刘宝道："去！去！不必再报答。"

二十

张季鹰纵任不拘①，时人号为江东步兵②。或谓之曰：卿乃可纵适一时，独不为身后名邪？答曰：使我有身后名，不如即时一杯酒。（《文士传》曰：翰任性自适，无求当世，时人贵其旷达。）

注释

①张季鹰：张翰。

②江东步兵：指张翰为江东的阮籍。步兵，阮籍。

译文

张翰放纵不羁，当时人们称他为“江东步兵”。有人对他说：“你可以放纵适意一时，怎么就不考虑身后名呢？”他回答：“让我有身后名，不如现在有一杯酒。”

二十二

贺司空入洛赴命[①]，为太孙舍人。经吴昌门，在船中弹琴。张季鹰本不相识[②]，先在金昌亭，闻弦甚清，下船就贺。因共语，便大相知说。问贺：卿欲何之？贺曰：入洛赴命，正尔进路。张曰：吾亦有事北京[③]。因路寄载，便与贺同发。初不告家，家追问乃知。

注释

①贺司空：贺循。

②张季鹰：张翰。

③北京：指西晋都城洛阳。北，相对吴而言。

译文

贺循奉命赴洛阳，就任太孙舍人。他路经吴昌门，在船中弹琴。张翰本不认识他，在金昌亭听到琴声很清雅，便上船与贺相见。两人相谈，彼此便很投机。

他问贺循："你要去哪儿？"贺循说："奉命到洛阳，正在赶路。"张翰说："我也有事到京城。"于是一路寄载，和贺循一同进发。他事先并没有告诉家里，家人追问，才知他走了。

二十五

有人讥周仆射与亲友言戏[①]，秽杂无检节。（邓粲《晋纪》曰：王导与周顗及朝士诣尚书纪瞻观伎。瞻有爱妾，能为新声。顗于众中欲通其妾，露其丑秽，颜无怍色。有司奏免顗官，诏特原之。）周曰：吾若万里长江，何能不千里一曲。

注释

①周仆射：周顗。

译文

有人讥讽周顗和亲友们谈赌博，话语粗俗不检点。周顗说："我好比万里长江，怎不能在直泻千里的路途上来一段弯曲？"

二十七

温公喜慢语[①]，卞令礼法自居[②]。（《卞壶别传》曰：

壸正色立朝，百寮严惮，贵游子弟，莫不祗肃。）至庾公许[3]，大相剖击。温发口鄙秽，庾公徐曰：太真终日无鄙言。（重其达也。）

注释

①温公：温峤。

②卞令：卞壸。

③庾公：庾亮。

译文

温峤爱胡言乱语，卞壸以遵守礼法自居。在庾亮家，卞壶大肆批驳温峤。温峤满口脏话，庾亮却慢吞吞地说："温太真整天没有说过一句低俗的话。"

三十

苏峻乱[1]，诸庾逃散。庾冰时为吴郡，单身奔亡。民吏皆去，唯郡卒独以小船载冰出钱塘口，蘧篨覆之。时峻赏募觅冰，属所在搜检甚急。卒舍船市渚，因饮酒醉还，舞棹向船曰：何处觅庾吴郡？此中便是。冰大惶怖，然不敢动。监司见船小装狭，谓卒狂醉，都不复疑。自送过浙江，寄山阴魏家，得免。（《中兴书》曰：冰为吴郡，苏峻作逆，遣军伐冰，冰弃郡奔会稽。）后事平，冰欲报卒，适其所愿。卒曰：出自断下，不愿名器。少苦执鞭，恒患不得快饮酒，使其酒足余年毕矣，无所复须。冰为起大舍，市奴婢，使门内有百斛酒，终其身。时谓此卒非唯有智，且亦达生。

注释

①苏峻：见《方正》三十四条刘注。

译文

苏峻叛乱，几个姓庾的都逃散了。庾冰当时任吴兴内史，单身逃亡。百姓官吏们都走了，只有一个郡卒用小船载着他出钱塘口，用粗竹席遮着他。当时苏峻悬赏捉拿庾冰，嘱咐各处搜查很紧。郡卒离船上岸，到市上喝醉了酒回来，挥舞着船篙指着小船道："何处找庾吴郡？就在这里边。"庾冰惊恐之极，但不敢动。监察的见小船狭窄装不了什么，以为郡卒醉了胡说，一点儿也不怀疑。小卒把庾冰送过浙江，寄居在山阴魏家，才免于难。后来叛乱平息下去，庾冰要报答郡卒，叫他任选。郡卒说："我出身卑下，不愿当官。我从小辛苦侍奉人，常常烦恼不能痛快地喝酒。如能供我酒足，下半辈子也就满意了，不再需要别的。"庾冰为他建了一座大房子，买来奴婢，并在屋里常存一百斛酒，一直到老。当时的人说这个郡卒不但机智，而且通达。

三十三

王、刘共在杭南[①]，酣宴于桓子野家[②]。（伊，已见。）谢镇西往尚书墓还[③]，葬后三日反哭。诸人欲要之，初遣一信，犹未许，然已停车。重要，便回驾。诸人门外迎之，把臂便下，裁得脱帻[④]，箸帽酣宴。半坐，乃觉未脱衰。（尚书，谢裒，尚叔也。已见。宋明帝《文章志》曰：尚性轻率，不拘细行。兄葬后，往墓还。王濛、刘惔共游新亭。濛欲招尚，先以问惔曰：计仁祖正当不为异同耳。惔曰：仁祖韵中自应来。乃遣要之。尚初辞，然已无归意。及再请，即回轩焉。其率如此。）

注释

①王：王濛；刘：刘惔。杭：即建康朱雀桁。

②桓子野：桓伊。

③谢镇西：谢尚。

④帻：包头发的巾。常在冠下，或单著之。

译文

王濛、刘惔都在朱雀桁南，酣宴于桓伊家。谢尚从尚书谢裒的墓地回来，下葬三天后又去墓地哭奠。王、刘等人想邀请他来，第一次送信过去，他没有答应，但已停了车。再次邀请，他便回车而来。大家在门外迎接，他拉着对方的胳膊便下车，脱去帻，戴着帽子便大吃大喝起来。坐了好一会儿，才发觉还没脱孝服。

三十四

桓宣武少家贫[①]，戏大输，债主敦求甚切。思自振之方，莫知所出。陈郡袁耽，俊迈多能。（《袁氏家传》曰：耽字彦道，陈郡阳夏人，魏中郎令涣曾孙也。魁梧爽朗，高风振迈。少倜傥不羁，有异才，士人多归之。仕至司徒从事中郎。）宣武欲求救于耽，耽时居艰，恐致疑，试以告焉。应声便许，略无嫌吝。遂变服怀布帽随温去，与债主戏。耽素有艺名，债主就局，曰：汝故当不办作袁彦道邪？遂共戏。十万一掷，直上百万数。投马绝叫，傍若无人，探布帽掷对人曰：汝竟识袁彦道不？（《郭子》曰：桓公樗蒱，失数百斛米，求救于袁耽。耽在艰中，便云：大快。我必作采，卿但大唤。即脱其衰，共出门去。觉头上有布帽，掷去，箸小帽。既戏，袁形势呼袒，掷必卢雉，二人齐叫，敌家顷刻失数百万也。）

注释

①桓宣武：桓温，见《言语》五十五条刘注。

译文

桓温年轻时家贫，赌博输了许多钱，债主要钱追得急。他思谋自救的办法，却一无所获。陈郡人袁耽，豪迈多才。桓温想求救于袁耽，但袁耽这时正在守丧期，担心他有所疑虑，便试着说了自己的意思。袁耽竟立刻答应了，毫不迟疑。于是他换了衣服、揣了布帽随着桓温去与债主赌。袁耽一向有赌名，债主临赌前问："你不会是袁彦道吧？"于是一起赌起来，十万钱一注，一直上升到一百万。袁耽投注喊叫，旁若无人，并拿出布帽扔向对方道："你认识袁彦道了吧？"

四十四

罗友作荆州从事[①]，桓宣武为王车骑集别[②]。（车骑，王洽，别见。）友进坐良久，辞出。宣武曰：卿向欲咨事，何以便去？答曰：友闻白羊肉美，一生未曾得吃，故冒求前耳，无事可咨。今已饱，不复须驻。了无惭色。

注释

①罗友：字它仁，襄阳人，官至广州、益州刺史。

②桓宣武：桓温，见《言语》五十五条刘注。王车骑：王洽。

译文

罗友任荆州从事，桓温为王洽饯行。罗友进来坐了好久，告辞出去。桓温说：“你刚才说要商议事，怎么就走了？”他回答：“我听说白羊肉好吃，我这一辈子没吃过，所以找个由头来，没什么事可商议。现在我已吃饱，没必要再待下去了。”他毫无惭愧的神色。

四十六

王子猷尝暂寄人空宅住[1]，便令种竹。或问：暂住，何烦尔？王啸咏良久，直指竹曰：何可一日无此君？（《中兴书》曰：徽之卓荦不羁，欲为傲达，放肆声色颇过度。时人钦其才，秽其行也。）

注释

①王子猷：王徽之。

译文

王徽之曾暂借人家的空房子住，随即就叫人种竹子。有人问：“暂时居住，何必种竹？”王徽之啸吟了好久，直指着竹子道：“怎么能一天没有这位先生？”

四十七

王子猷居山阴[①]，夜大雪。眠觉开室，命酌酒，四望皎然。因起彷徨，咏左思《招隐诗》。(《中兴书》曰：徽之任性放达，弃官东归，居山阴也。左诗曰：杖策招隐士，荒涂横古今。岩穴无结构，丘中有鸣琴。白雪停阴冈，丹葩曜阳林。）忽忆戴安道[②]。时戴在剡，即便夜乘小船就之。经宿方至，造门不前而返。人问其故，王曰：吾本乘兴而行，兴尽而返，何必见戴？

注释

①王子猷：王徽之。

②戴安道：戴逵。

译文

王徽之住在山阴，夜里下了大雪。醒来打开屋门，叫人摆酒，四望一片白。于是起身徘徊，吟咏左思的《招隐诗》。他忽然想起戴逵。当时戴逵住在剡，随即夜乘小船前去。走了一夜才到剡，到了戴逵家没进门就回来了。有人问为什么，王徽之说："我本来乘兴而去，兴尽就返回来了，何必见戴逵？"

四十九

王子猷出都[①]，尚在渚下。旧闻桓子野善吹笛[②]，（《续晋阳秋》曰：左将军桓伊善音乐。孝武饮燕，谢安侍坐，帝命伊吹笛。伊神色无忤，既吹一弄，乃放笛云：臣于筝乃不如笛，然自足以韵合歌管。臣有一奴，善吹笛，且相便串，请进之。帝赏其放率，听召奴。奴既至，吹笛，伊抚筝而歌怨诗，因以为谏也。）而不相识。遇桓于岸上过，王在船中。客有识之者，云是桓子野。王便令人与相闻云：闻君善吹笛，试为我一奏。桓时已贵显，素闻王名，即便回下车，踞胡床[③]，为作三调。弄毕，便上车去。客主不交一言。

注释

①王子猷：王徽之。

②桓子野：桓伊，见《言语》五十五条刘注。

③胡床：一种可折叠的轻便坐具。

译文

王徽之来到都城，船还泊在岸边。过去他听说桓伊善于吹笛，但彼此不认识。桓伊在岸上经过，王徽之在船中，客人有认识的，说这人是桓伊。王徽之叫人去对桓伊说："听说你善于吹笛，请给我吹一曲。"桓伊当时已身居高官，一向听闻王徽之的大名，便即回车下来，坐着胡床，吹了三支曲子。吹完，便上车走了。彼此没有说一句话。

五十

桓南郡被召作太子洗马[①]，（《玄别传》曰：玄初拜太子洗马，时朝廷以温有不臣之迹，故抑玄为素官。）船泊荻渚。王大服散后已小醉[②]，往看桓。桓为设酒，不能冷饮，频语左右：令温酒来！桓乃流涕呜咽，王便欲去。桓以手巾掩泪，因谓王曰：犯我家讳[③]，何预卿事？（《晋安帝纪》曰：玄哀乐过人，每欢戚之发，未尝不至呜咽。）王叹曰：灵宝故自达[④]。（灵宝，玄小字也。《异苑》曰：玄生而有光照室，善占者云：此儿生有奇耀，宜字为天人。宣武嫌其三文，复言为神灵宝，犹复用三。既难重前，却减神一字，名曰灵宝。《语林》曰：玄不立忌日，止立忌时。其达而不拘，皆此类。）

注释

①桓南郡：桓玄。

②王大：王忱。散：即寒石散，道家药名。魏晋名士服此药成为一时风气。

③家讳：王令温酒，犯玄父桓温讳。闻讳而哭，乃旧俗。

④犯讳是不礼貌的事，而桓玄毫无责怪之意，故王叹其通达。

译文

桓玄被征任为太子洗马，泊船在荻渚。王忱服寒食散后已有些醉，去看望桓玄。桓玄为他摆酒，他不能喝冷酒，频频地对左右的人说："叫他们温酒！"桓玄便呜呜咽咽地哭了起来。王忱要走，桓玄用手巾擦着泪，对王忱说："犯的是我家的讳，关你什么事？"王忱叹道："灵宝真是通达。"

简傲第二十四

良[illegible]第二十四

一

晋文王功德盛大[1]，坐席严敬，拟于王者。(《汉晋春秋》曰：文王进爵为王，司徒何曾与朝臣皆尽礼，唯王祥长揖不拜。)唯阮籍在坐，箕踞啸歌[2]，酣放自若。

注释

①晋文王：司马昭。

②箕踞：两腿伸直叉开而坐，一种不敬的坐姿。

译文

司马昭功大德高，坐席的礼仪庄严虔敬，近似帝王。唯有阮籍在座时，箕踞长啸高歌，放纵而神色自若。

二

王戎弱冠诣阮籍[1]，时刘公荣在坐[2]。阮谓王曰：偶有二斗美酒，当与君共饮。彼公荣者，无预焉。二人交觞酬酢，公荣遂不得一杯，而言语谈戏，三人无异。或有问之者，阮答曰：胜公荣者，不得不与饮酒；不如公荣者，不可不与饮酒；唯公荣，可不与饮酒[3]。(《晋阳秋》曰：戎年十五，随父浑在郎舍，阮籍见而说焉。每适浑，俄顷，辄在戎室，久之，乃谓浑：濬冲清尚，非卿伦也。戎尝诣籍共饮，而刘昶在坐，不与焉，昶无恨色。既而戎问籍曰：彼为谁也？曰：刘公荣也。濬冲曰：胜公荣，故与酒；不如公荣，不可不与酒；唯公荣者，可不与酒。《竹林七贤论》曰：初，籍与戎父浑俱为尚书郎，每造浑，坐未安，辄曰：与卿语，不如与阿戎语。就戎，必日夕而返。籍长戎二十岁，相得如时辈。刘公荣通士，性尤好酒。籍与戎酬酢终日，而公荣不蒙一杯，三人各自得也。戎为物论所先，皆此类。）

注释

①弱冠：古时男子二十岁成人，初加冠，体还未壮，故称弱冠。

②刘公荣：刘昶，见《任诞》四条刘注。

③可参见《任诞》四条。

译文

王戎二十岁时去见阮籍，当时刘公荣也在座。阮籍对王戎说："我恰好有二斗好酒，应和你一起喝。刘公荣么，没他的份。"两个人杯来杯往，刘公荣一杯也喝不到，而三人谈笑依然如故。有人问起这事，阮籍答："胜过刘公荣的人，不能不和他饮酒；不如刘公荣的人，不能不和他饮酒；唯有刘公荣，可以不和他饮酒。"

三

钟士季精有才理[1]，先不识嵇康。钟要于时贤俊之士，俱往寻康。康方大树下锻，向子期为佐鼓排[2]。康扬槌不辍，傍若无人，移时不交一言。钟起去，康曰：何所闻而来？何所见而去？钟曰：闻所闻而来，见所见而去。（《文士传》曰：康性绝巧，能锻铁。家有盛柳树，乃激水以环之，夏天甚清凉，恒居其下傲戏，乃身自锻。家虽贫，有人就锻者，康不受直。唯亲旧以鸡酒往与共饮啖，清言而已。《魏氏春秋》曰：钟会为大将军兄弟所昵，闻康名而造焉。会，名公子，以才能贵幸，乘肥衣轻，宾从如云。康方箕踞而锻，会至，不为之礼，会深衔之。后因吕安事，而遂谮康焉。）

注释

①钟士季：钟会。

②向子期：向秀。

译文

钟会精通名理，有才气，原先不认识嵇康。钟会邀请当时名流贤达，一起去找嵇康。嵇康正在树下打铁，向秀在当助手拉风箱。嵇康举锤不停，旁若无人，过了好久也没说一句话。钟会起身离去，嵇康问："你听到了什么而到这儿来？见到了什么而离去？”钟会说：“我听到了听到的而来，见到了见到的而离去。”

八

桓宣武作徐州[①]，时谢奕为晋陵。(《中兴书》曰：奕自吏部郎，出为晋陵太守。)先粗经虚怀，而乃无异常。及桓迁荆州，将西之间，意气甚笃，奕弗之疑。唯谢虎子妇王悟其旨[②]，(虎子，谢据小字，奕弟也。其妻王氏，已见。)每曰：桓荆州用意殊异，必与晋陵俱西矣！俄而引奕为司马。奕既上，犹推布衣交[③]。在温坐，岸帻啸咏[④]，无异常日。宣武每曰：我方外司马[⑤]。遂因酒，转无朝夕礼。桓舍入内，奕辄复随去。后至奕醉，温往主许避之[⑥]。主曰：君无狂司马，我何由得相见？

注释

①桓宣武：桓温，见《言语》五十五条刘注。

②谢虎子：谢据，见《纰漏》五条刘注。王：王绥。

③布衣交：指贫贱时不分高下的交往。

④岸帻：推起头巾，露出前额。形容放肆不拘小节。

⑤方外：世俗之外。

⑥主：公主。桓温娶晋明帝女南康长公主。

译文

桓温任徐州刺史时，谢奕任晋陵太守。原先彼此有过来往，但关系平常。待桓温任荆州刺史，将西去赴任时，对谢奕极为殷勤，谢奕并没介意。唯有谢据的妻子王绥明白了桓温的意图，常说："桓温的意思非同平常，肯定要带谢奕西去荆州。"不久桓温任谢奕为司马。谢奕到了荆州，仍与桓温维持布衣之交。在桓温处，把头巾掀到头顶上，长啸吟咏，和平时一样。桓温常说："他是我的方外司马。"谢奕因为喝了酒，渐渐地连日常的礼节也不顾了。桓温扔下他进了内室，谢奕又随后跟去。后来谢奕醉了，桓温到公主处躲避。公主说："你如果没有狂司马，我怎么能见到你？"

十

谢中郎是王蓝田女婿①，(《谢氏谱》曰：万取太原王述女，名荃。)尝箸白纶巾②，肩舆径至扬州听事见王，直言曰：人言君侯痴③，君侯信自痴。蓝田曰：非无此论，但晚令耳。(《述别传》曰：述少真独退静，人未尝知，故有晚令之言。)

注释

①谢中郎：谢万。王蓝田：王述，见《文学》

二十二条刘注。

②纶巾：古时用丝带编的头巾。

③君侯：王述袭爵蓝田侯。

译文

谢万是王述的女婿。他曾戴着白纶巾、坐着轿子到扬州府大厅见王述，直言道："人说君侯傻，君候也觉得自己的确是傻。"王述说："不是没有这种说法，不过我大器晚成而已。"

十一

王子猷作桓车骑骑兵参军[①]。桓问曰：卿何署？答曰：不知何署，时见牵马来，似是马曹。（《中兴书》曰：桓冲引徽之为参军，蓬首散带，不综知其府事。）桓又问：官有几马？答曰：不问马，何由知其数？（《论语》曰：厩焚，孔子退朝曰：伤人乎？不问马。注：贵人贱畜，故不问也。）又问：马比死多少？答曰：未知生，焉知死[②]？（《论语》曰：子路问死。孔子曰：未知生，焉知死？马融注曰：死事难明，语之无益，故不答。）

注释

①王子猷：王徽之。桓车骑：桓冲。

②王引用《论语》中的句子，答非所问，可见其任

性散漫。

译文

王徽之任桓冲的骑兵参军。桓冲问："你都管些什么事？"王徽之回答："不知管什么，时常见牵马来，好像是管马的。"桓冲又问："府中有几匹马？"王徽之答："孔子不问马，怎么能知道马的数？"桓冲又问："近来马死了多少？"王徽之答："生尚且不知，怎能知道死？"

十二

谢公尝与谢万共出西[①]，过吴郡。阿万欲相与共萃王恬许，（恬已见。时为吴郡太守。）太傅云：恐伊不必酬汝意，不足尔。万犹苦要，太傅坚不回，万乃独往。坐少时，王便入门内，谢殊有欣色，以为厚待己。良久，乃沐头散发而出，亦不坐，仍据胡床[②]，在中庭晒头，神气傲迈，了无相酬对意。谢于是乃还。未至船，逆呼太傅。安曰：阿螭不作尔。（王恬，小字螭虎。）

注释

①谢公：谢安。

②胡床：一种可折叠的轻便坐具。

译文

谢安曾和谢万一起西去，路过吴郡。谢万想一起去王恬那儿，谢安说："恐怕他不会招待你，不值得去。"谢万仍苦苦相邀，谢安坚决不去，谢万便独自去了。坐了片刻，王恬便进了屋。谢万极为高兴，以为会盛情款待自己。过了好久，王恬洗完头披散着头发出来，也不回座，而坐着胡床，在院里晒头发，神色傲慢，根本没有招待的意思。谢万只好回来，还没到船上，便大喊谢安。谢安说："阿螭那儿不值得去。"

十四

谢万北征，常以啸咏自高，未尝抚慰众士。谢公甚器爱万[①]，而审其必败，乃俱行，从容谓万曰：汝为元帅，宜数唤诸将宴会，以说众心。万从之。因召集诸将，都无所说，直以如意指四坐云[②]：诸君皆是劲卒。诸将甚忿恨之[③]。谢公欲深箸恩信，自队主将帅以下，无不身造，厚相逊谢。及万事败，军中因欲除之。复云：当为隐士[④]。故幸而得免。（万败事已见上。）

注释

①谢公：谢安。

②如意：器物名，柄端作手指形，用以挠痒。

③行伍出身者讳称其为卒，谢称之为“劲卒”，故忿恨。

④当时谢安隐居在会稽。

译文

谢万北征，常常以长啸吟诵显示自己的不俗，而不抚慰将士。谢安很爱护谢万，估计他必定失败，便与他同行，从容地对谢万说：“你当主帅，应当经常找众将们来宴会，以取悦于大家。”谢万答应了，便召集众将。他没有什么话说，只用如意指着所有座中人说：“你们都是强悍的大兵。”众将更恨他。谢安想以施恩来加强关系，便自队主将帅以下，都亲自拜访，代谢万深加自责。到谢万打了败仗，军中想借机除掉他。谢安又说：“让他去当个隐士吧。”谢万这才侥幸免难。

排调第二十五

一

诸葛瑾为豫州[①]，遣别驾到台[②]，（瑾已见。）语云：小儿知谈，卿可与语。连往诣恪，（《江表传》曰：恪字元逊，瑾长子也。少有才名，发藻岐嶷，辩论应机，莫与为对。孙权见而奇之，谓瑾曰：蓝田生玉，真不虚也。仕吴至太傅。为孙峻所害。）恪不与相见。后于张辅吴坐中相遇，（环济《吴纪》曰：张昭，字子布，忠正有才义，仕吴，为辅吴将军。）别驾唤恪：咄咄郎君[③]。恪因嘲之曰：豫州乱矣，何咄咄之有？答曰：君明臣贤，未闻其乱。恪曰：昔唐尧在上[④]，四凶在下[⑤]。答曰：非唯四凶，亦有丹朱[⑥]。于是一坐大笑。

注释

①诸葛瑾：见《品藻》四条刘注。

②别驾：刺史的佐吏。

③咄咄：感叹声。

④唐尧：古帝名。在儒家经典中，为贤君的典范。

⑤四凶：古代四个凶人。

⑥丹朱：唐尧之子。尧因其不肖，禅位于舜。此恪以唐尧喻其父瑾，以四凶指别驾。别驾则以丹朱喻恪。

译文

诸葛瑾任豫州牧，派别驾到尚书台，说："我的儿子能清谈，你可以和他谈谈。"别驾几次去见诸葛恪，诸葛恪都不见他。后来两人在张昭处相遇，别驾叫诸葛恪道："哎呀呀郎君！"诸葛恪嘲弄他道："豫州乱了，还哎呀什么？"别驾答："主上圣明臣子贤能，没听说有乱子。"诸葛恪说："过去上有唐尧，他治下还有四凶呢。"别驾答："不但有四凶，还有丹朱。"于是满座人都大笑起来。

三

钟毓为黄门郎[①]，有机警，在景王坐燕饮[②]。时陈群子玄伯、武周子元夏同在坐[③]，(《魏志》曰：武周字伯南，沛国竹邑人。仕至光禄大夫）共嘲毓。景王曰：皋繇何如人[④]？对曰：古之懿士[⑤]。顾谓玄伯、元夏曰：君子周而不比，群而不党[⑥]。(孔安国注《论语》曰：忠信为周，阿党为比。党，助也。君子虽众，不相私助。)

注释

①钟毓：见《言语》十一条刘注。

②景王：司马师。

③玄伯：陈泰。元夏：武陔。

④皋繇：尧时掌刑罚的官。司马师以之犯钟会父亲钟繇名讳。

⑤懿士：有美德的人。钟会以之犯司马师父亲司马懿讳。

⑥周而不比：忠诚但不随声附和。群而不党：结群但不搞小集团。“周”犯武陔父武周讳，“群”犯陈泰父陈群讳。此句既犯父讳回敬了对方，又刺对方结伙对付自己。

译文

钟毓任黄门郎，很机智，他在司马师处宴饮。当时陈群的儿子陈泰、武周的儿子武陔也在座，一起开钟毓的玩笑。司马师说：“皋繇是怎样的一个人？”钟毓答：“是古代的懿士。”他又对陈泰、武陔说：“君子周而不比，群而不党。”

六

孙子荆年少时欲隐[①]，语王武子当枕石漱流[②]，误曰漱石枕流。王曰：流可枕，石可漱乎？孙曰：所以枕流，欲洗其耳；（《逸士传》曰：许由为尧所让，其友巢父责之。由乃过清冷水洗耳拭目，曰：向闻贪言，负吾之友。）所以漱石，欲砺其齿。

注释

①孙子荆：孙楚。

②王武子：王济。枕石漱流：意即隐居山林。

译文

孙楚年轻时要隐居，对王济要说“我将枕着石头，以清流漱口”，却错说为“用石头漱口枕着清流”。王济说：“清流可以枕着，石头能漱口么？”孙楚说：“之所以枕着清流，是要洗耳朵；之所以用石头漱口，是要磨牙。”

九

荀鸣鹤、陆士龙二人未相识[①]，俱会张茂先坐[②]。张令共语，以其并有大才，可勿作常语。陆举手曰：云间陆士龙。荀答曰：日下荀鸣鹤[③]。陆曰：既开青云睹白雉[④]，何不张尔弓，布尔矢？荀答曰：本谓云龙骙骙，定是山鹿野麋[⑤]。兽弱弩强，是以发迟。张乃抚掌大笑。(《晋百官名》曰：荀隐字鸣鹤，颍川人。《荀氏家传》曰：隐祖昕，乐安太守。父岳，中书郎。隐与陆云在张华坐语，互相反覆，陆连受屈。隐辞皆美丽，张公称善。云世有此书，寻之未得。历太子舍人，廷尉平，蚤卒。)

注释

①陆士龙：陆云。

②张茂先：张华，见《德行》十二条刘注。

③陆为江苏松江县人，松江古称云间。荀为河南颍川人，地近西晋都城洛阳。古称都城为“日下”。两人的话既介绍了自己的籍贯姓名，又含“云中之龙”“日下之鹤”之意。

④白雉：白色的野鸡。陆将“日下之鹤”说成是白雉，含嘲讽意。

⑤骙骙：马强壮貌。荀将“云中之龙”说成是山鹿野麋，也含嘲讽意。

译文

荀隐、陆云两人不相识，相遇于张华处。张华叫两人谈谈。因两人都很有才华，张华不让他们说些平常话。陆云举手道：“我是云间的陆士龙。”荀隐答道：“我是日下的荀鸣鹤。”陆云说：“既然青云散开看见了白雉，为什么不拉开弓、搭上箭？”荀隐答：“本以为云中龙强壮无比，却原来像山鹿野麋一样。野兽太弱而弓太强，因此迟迟没射。”张华拍手大笑。

十

陆太尉诣王丞相[1]，（陆玩已见。）王公食以酪。陆还遂病。明日与王笺云：昨食酪小过，通夜委顿。民虽吴人，几为伧鬼[2]。

注释

①陆太尉：陆玩。王丞相：王导。

②伧：当时吴人骂北方人为伧。鬼：人死为鬼。

译文

陆玩去拜见王导，王导招待他吃乳酪。陆玩回家便得了病。第二天，他给王导写信道："昨天吃乳酪多了点儿，整夜难受。我虽然是吴人，却几乎成了伧鬼。"

十一

元帝皇子生[1]，普赐群臣。殷洪乔谢曰[2]：（殷羡已见。）皇子诞育，普天同庆。臣无勋焉，而猥颁厚赉。中宗笑曰：此事岂可使卿有勋邪？

注释

①元帝：晋元帝司马睿。

②殷洪乔：殷羡。

译文

司马睿生了皇子，赏赐所有朝臣。殷羡感谢道："皇子诞生，普天同庆。我没什么功劳，竟然得到这么多赏赐。"司马睿笑道："这事怎么能叫你有功劳呢？"

十二

诸葛令、王丞相共争姓族先后[①]，王曰：何不言葛、王，而云王、葛[②]？令曰：譬言驴马，不言马驴，驴宁胜马邪？（诸葛恢，已见。）

注释

①诸葛令：诸葛恢。王丞相：王导。

②晋时王氏、诸葛氏为世家大族，并称王、葛。据《晋书·诸葛恢传》，恢与王导关系融洽，故有此戏语。

译文

诸葛恢、王导争论两族姓氏的先后，王导说："为什么不说葛、王，而说王、葛？"诸葛恢说："比如，说驴马而不说马驴，难道驴比马强么？"

十六

王长豫幼便和令[①]，丞相爱恣甚笃[②]。每共围棋，丞相欲举行，长豫按指不听[③]。丞相笑曰：讵得尔？相与似有瓜葛。（蔡邕曰：瓜葛，疏亲也。）

注释

①王长豫：王悦，王导长子。

②丞相：王导。

③按指不听：指不让王导悔棋。

译文

王悦小时候就听话聪明，王导极为溺爱他。每当一起下围棋时，王导要举棋子下，王悦便按着父亲的手指不让动。王导笑道："这怎么行？我们之间还是有点儿交情的吧？"

十九

干宝向刘真长（《中兴书》曰：宝字令升，新蔡人。祖正，吴奋武将军。父莹，丹阳丞。宝少以博学才器著称，历散骑常侍。）叙其《搜神记》[①]，（《孔氏志怪》曰：宝父有嬖人，宝母至妒，葬宝父时，因推著藏中。经十年而母丧，开墓，其婢伏棺上，就视犹暖，渐有气息。舆还家，终日而苏。说宝父常致饮食，与之接寝，恩情如生。家中吉凶，辄语之，校之悉验。平复数年后方卒。宝因作《搜神记》，中云有所感起是也。）刘曰：卿可谓鬼之董狐[②]。（《春秋传》曰：赵穿攻晋灵公于桃园，赵宣子未出境而复。太史书：赵盾弑其君。宣子曰：不然。对曰：子为正卿，亡不越境，反不讨贼，非子而谁？孔子曰：董狐，古之良史也，书法不隐。赵盾，古之贤大夫也，为法受恶。）

注释

①刘真长：刘惔。

②董狐：春秋时晋国史官，旧时“良史”的典范。

译文

干宝向刘惔讲述自己所著的《搜神记》，刘惔说：“你可称得上是鬼的董狐了。”

二十一

康僧渊目深而鼻高[①]，王丞相每调之[②]。僧渊曰：鼻者面之山，（《管辂别传》曰：鼻者，天中之山。《相书》曰：鼻之所在为天中，鼻有山象，故曰山。）目者面之渊。山不高则不灵，渊不深则不清。

注释

①康僧渊：西域人，生于长安。

②王丞相：王导。

译文

康僧渊眼窝深而鼻梁高，王导时常取笑他。他说："鼻子是脸上的山，眼睛是脸上的湖。山不高则不灵，湖不深则不清。"

二十五

褚季野问孙盛[①]：卿国史何当成？孙云：久应竟，在公无暇，故至今日。褚曰：古人述而不作[②]，何必在蚕室中？（《汉书》曰：李陵降匈奴，武帝甚怒。太史令司马迁盛明陵之忠，帝以迁为陵游说，下迁腐刑。乃述唐、虞以来，至于获麟，为《史记》。迁与任安书曰：李陵既生降，仆又茸之以蚕室。苏林注曰：腐刑者，作密室蓄火，时如蚕室。旧时平阴有蚕室狱。）

注释

①褚季野：褚裒。孙盛：字安国，太原中都人。博闻强识，历著作郎、浏阳令、秘书监。

②述而不作：传述成说而不自立新义。此指孙写国

史只是述而不作即可，不费什么劲。

译文

褚裒问孙盛："你的国史什么时候能写完？"孙盛说："早该完成了，因为忙于公事没工夫，拖延至今。"褚裒说："古人说'述而不作'，难道把你阉了才能写完？"

二十九

王、刘每不重蔡公①。二人尝诣蔡，语良久，乃问蔡曰：公自言何如夷甫②？答曰：身不如夷甫。王、刘相目而笑曰：公何处不如？答曰：夷甫无君辈客。

注释

①王：王濛。刘：刘惔。蔡公：蔡谟，见《方正》四十条刘注。

②夷甫：王衍，见《言语》二十三条刘注。

译文

王濛、刘惔时常不尊重蔡谟。两人曾去访蔡谟，谈了好久，问蔡谟道："你自认为比王夷甫怎样？"蔡谟答："我不如王夷甫。"王濛、刘惔相视而笑道："你什么地方不如他？"蔡谟回答："王夷甫没有像你们这样的客人。"

三十

张吴兴年八岁[1]，亏齿。（玄之已见。）先达知其不常，故戏之曰：君口中何为开狗窦？张应声答曰：正使君辈从此中出入。

注释

①张吴兴：张玄之。

译文

张玄之八岁时，牙掉了。前辈知道他不平常，故意打趣他说："你嘴里为什么开了个狗洞？"张玄之应声答道："正是为了让你们这些人从这儿出入。"

三十一

郝隆七月七日出日中仰卧[1]。人问其故，答曰：我晒书[2]。（《征西寮属名》曰：隆字佐治，汲郡人。仕吴至征西参军。）

注释

①古时七月七日有晒书及衣物的习俗。

②意为满腹经书。

译文

郝隆于七月七日在太阳下仰卧。有人问他干什么，他回答："我晒书。"

四十一

习凿齿、孙兴公未相识[①],同在桓公坐[②]。桓语孙：可与习参军共语。孙云：蠢尔蛮荆[③],敢与大邦为仇?习云：薄伐猃狁[④]，至于太原。(《小雅》诗也。《毛诗》注曰：蠢，动也。荆蛮，荆之蛮也。猃狁，北夷也。习凿齿，襄阳人。孙兴公，太原人。故因诗以相戏也。)

注释

①孙兴公：孙绰。

②桓公：桓温，见《言语》五十五条刘注。

③蠢尔蛮荆：句出《诗·小雅·采芑》。

④薄伐猃狁：句出《诗·小雅·六月》。此处，孙嘲习为"蛮荆"，习则回敬孙为"猃狁"。

译文

习凿齿、孙绰两人不认识，同在桓温处。桓温对孙绰说："你和习参军谈谈。"孙绰说："愚蠢的荆州蛮子，敢和大国为仇？"习凿齿说："讨伐猃狁，进攻到太原。"

四十六

王文度、范荣期俱为简文所要[①]。范年大而位小，王年小而位大。将前，更相推在前，既移久，王遂在范后。王因谓曰：簸之扬之，糠秕在前。范曰：洮之汰之[②]，沙砾在后。（王坦之、范启已见。一说是孙绰、习凿齿言。）

注释

①王文度：王坦之。范荣期：范启。简文：司马昱。

②洮之汰之：即淘汰，洗濯。

译文

王坦之、范启都受到司马昱的邀请。范启年龄大而官职低，王坦之年龄小而官职高。往前走时，两人彼此推让。让了好一会儿，王坦之还是走在范启的后面。王坦之说："又簸又扬，秕糠在前边。"范启说："淘来洗去，沙粒在后边。"

五十

范启与郗嘉宾书曰[①]：子敬举体无饶纵，掇皮无余润[2]。郗答曰：举体无余润，何如举体非真者？范性矜假多烦，故嘲之。

注释

①范启：字荣期，慎阳人，官至黄门郎。郗嘉宾：郗超。

②子敬：王献之。饶纵：指可供寻味处。余润：指余韵。此言子敬一览无余，无可体味处。

译文

范启给郗超写信道："子敬全身上下没有可供寻味之处，去了皮没有余韵。"郗超答道："全身没有余韵，比全身没有率真怎样？"范启为人做作多假，因此郗超嘲讽他。

五十四

简文在殿上行[1]，右军与孙兴公在后[2]。右军指简文语孙曰：此啖名客[3]。简文顾曰：天下自有利齿儿。后王光禄作会稽[4]，谢车骑出曲阿祖之[5]。（王蕴、谢玄已见。）王孝伯罢秘书丞，在坐[6]。谢言及此事，因视孝伯曰：王丞齿似不钝[7]。王曰：不钝，颇亦验。

注释

①简文：司马昱。

②右军：王羲之。孙兴公：孙绰。

③啖名：据嘉锡先生考，"啖名"为"啖石"之误，乃右军讥孙之语。道家有啖石之法，而孙清谈多强词夺理，故讥之啖石。

④王光禄：王蕴。

⑤谢车骑：谢玄。

⑥王孝伯：王恭。

⑦此指王嘴利。

译文

司马昱在殿上走，王羲之和孙绰跟在后面。王羲之指着司马昱对孙绰说："这是个咬石头的人。"司马昱回头道："天下自有口齿尖利的人。"后来王蕴任会稽内史，谢玄到曲阿饯行。王恭被罢免秘书丞，也在座。谢玄谈到这件事，便看着王恭说："王丞的口齿似乎不钝。"王恭说："不钝，而且很应验。"

五十六

顾长康作殷荆州佐[①]，请假还东[②]。尔时例不给布帆，顾苦求之，乃得。发至破冢，遭风大败。(周祇《隆安记》曰:破冢,洲名,在华容县。)作笺与殷云:地名破冢,真破冢而出③。行人安稳,布帆无恙④。

注释

①顾长康:顾恺之。殷荆州:殷仲堪。

②东:指都城建康。建康在荆州东。

③破冢而出:按字面理解,即穿坟而出,意即死里逃生。

④按常规,应说"行人无恙,布帆安稳"。布帆已大败,不可说安稳,只好与"无恙"两词互调,让人摸不着头脑。

译文

顾恺之当殷仲堪的助手,请假回建康。当时按惯例,不提供船,顾恺之苦苦请求,才得到了船。走到破冢,船遭风被毁。顾恺之写信给殷仲堪道:"地名叫破冢,真的是破冢而出。行人安稳,布帆无恙。"

五十九

顾长康啖甘蔗①,先食尾。问所以,云:渐至佳境②。

注释

①顾长康:顾恺之。

②佳境：好境界，指甘蔗越来越甜。

译文

顾恺之吃甘蔗先吃尾部。问他为什么，他说："这样才能渐渐地进入佳境。"

六十四

祖广行恒缩头。诣桓南郡[①]，始下车，桓曰：天甚晴朗，祖参军如从屋漏中来。(《祖氏谱》曰：广字渊度，范阳人。父台之，仕光禄大夫。广仕至护军长史。)

注释

①桓南郡：桓玄。

译文

祖广走路常缩着头。他去访桓玄，刚下车，桓玄说："天空很晴朗，祖参军却好像从漏水的破屋出来。"

轻诋第二十六

二

庾元规语周伯仁①：诸人皆以君方乐。周曰：何乐？谓乐毅邪？（《史记》曰：乐毅，中山人。贤而为燕昭王将军，率诸侯伐齐，终于赵。）庾曰：不尔，乐令耳②。周曰：何乃刻画无盐，以唐突西子也③。（《列女传》曰：钟离春者，齐无盐之女也。其丑无双，黄头深目，长壮大节，鼻昂结喉，肥项少发，折腰出胸，皮肤若漆。行年三十，无所容入，炫嫁不售，乃自诣齐宣王，乞备后宫，因说王以四殆。王拜为正后。《吴越春秋》曰：越王句践得山中采薪女子，名曰西施，献之吴王。）

注释

①庾元规：庾亮。周伯仁：周顗。

②乐令：乐广。

③周顗自比西子，以乐广比无盐。

译文

庾亮对周顗说："大家都将你和乐某比。"周顗问："哪个乐某？是乐毅么？"庾亮道："不是，是乐广。"周顗说："为什么打扮无盐，而亵渎西施呢？"

九

褚太傅南下[1]，孙长乐于船中视之[2]。（长乐，孙绰。）言次，及刘真长死[3]，孙流涕，因讽咏曰：人之云亡，邦国殄瘁。（《大雅》诗。毛公注曰：殄，尽。瘁，病也。）褚大怒曰：真长平生，何尝相比数，而卿今日作此面向人。孙回泣向褚曰：卿当念我[4]！时咸笑其才而性鄙。

注释

①褚太傅：褚裒。

②孙长乐：孙绰。

③刘真长：刘惔。

④孙此言突兀，据注家考，此句前有脱文。

译文

褚裒南下，孙绰到船上看他。谈话中，涉及刘惔的死，孙绰流泪，于是吟诵道："贤人死了，国家受到了损失。"褚裒大怒道："真长一生，何曾与你有什么关系？而你今天对人做出这个样子。"孙绰收了泪对褚裒说："你该顾念我！"当时人都笑孙绰有才华而人品低下。

十一

桓公入洛[①]，过淮、泗，践北境，与诸僚属登平乘楼，眺瞩中原，慨然曰：遂使神州陆沉，百年丘墟，王夷甫诸人[②]，不得不任其责。（《八王故事》曰：夷甫虽居台司，不以事物自婴，当世化之，羞言名教。自台郎以下，皆雅崇拱默，以遗事为高。四海尚宁，而识者知其将乱。《晋阳秋》曰：夷甫将为石勒所杀，谓人曰：吾等若不祖尚浮虚，不至于此。）袁虎率尔对曰[③]：运自有废兴，岂必诸人之过？桓公懔然作色，顾谓四坐曰：诸君颇闻刘景升不？（《刘镇南铭》曰：表字景升，山阳高平人。黄中通理，博识多闻。仕至镇南将军、荆州刺史。）有大牛重千斤，啖刍豆十倍于常牛，负重致远，曾不若一羸牸。魏武入荆州[④]，烹以飨士卒，于时莫不称快。意以况袁[⑤]。四坐既骇，袁亦失色。

注释

①桓公：桓温，见《言语》五十五条刘注。

②王夷甫：王衍，见《言语》二十三条刘注。

③袁虎：袁宏。

④魏武：曹操。

⑤桓以大牛喻袁，意为只能吃俸禄而无大用。

译文

桓温进入洛水，渡过淮水、泗水，踏上了北方土地，和几位属下登上船楼，眺望中原，慨然道："使神州沦陷，百年来一片荒芜，王夷甫等人，不能不负这个责任。"袁宏不假思索地道："时运自然有兴有废，这怎能是那些人的过错？"桓温凛然变了脸色，对四座的人说："诸位听说过刘景升吗？他有一头大牛重千斤，吃豆料是普通牛的十倍，驮着重物走远路，还不如一头瘦弱的母牛。曹操进入荆州，杀了大牛犒劳士卒，当时人无不拍手称快。"意思是以大牛比袁宏。座上的人都极为害怕，袁宏也变了脸色。

十五

孙绰作《列仙·商丘子赞》曰：所牧何物？殆非真猪。倘遇风云，为我龙摅[①]。(《列仙传》曰：商丘子晋者，商邑人。好吹竽牧豕，年七十，不娶妻而不老。问其须要，言：但食老朮、昌蒲根，饮水，如此便不饥不老耳。贵戚富室，闻而服之，不能终岁辄止，谓将有匿术。孙绰为《赞》曰：商丘卓荦，执策吹竽。渴饮寒泉，饥食菖蒲。所牧何物？殆非真猪。倘逢风云，为我龙摅。)时人多以为能。王蓝田语人云[②]：近见孙家儿作文，道何物、真猪也。

注释

①摅：腾跃。

②王蓝田：王述，见《文学》二十二条刘注。

译文

孙绰著《列仙·商丘子赞》说："牧养的是什么？可能不是真猪。如果遇到风云，将像龙一样腾空而去。"当时很多人都认为他写得好。王述对人说："近来看见孙家小子写的文章，说什么何物、真猪。"

十七

孙长乐兄弟就谢公宿[①]，言至款杂。刘夫人在壁后听之[②]，具闻其语。谢公明日还，问：昨客何似？刘对曰：亡兄门[③]，未有如此宾客。（夫人，刘惔之妹。）谢深有愧色。

注释

①孙长乐兄弟：孙绰、孙统。

②刘夫人：谢安妻。

③亡兄：指刘惔。

译文

孙绰兄弟在谢安处住宿，话说得很芜杂。刘夫人在帷后，把他们的话全听到了。谢安第二天回来，问："昨天的客人怎样？"刘夫人回答："我亡兄家，没有这样的客人。"谢安极有愧色。

十九

谢万寿春败后还[①]，书与王右军云[②]：惭负宿顾。右军推书曰：此禹、汤之戒[③]。(《春秋传》曰：禹、汤罪己，其兴也勃焉。言禹、汤以圣德自罪，所以能兴。今万失律致败，虽复自咎，其可济焉？故王嘉万也。)

注释

①谢万：谢安之弟，字万石。

②王右军：王羲之。王曾写信提醒谢万，要抚慰部下，万不能用，致败。

③禹：大禹。汤：商代开国之君。王此句有讥讽意。

译文

谢万在寿春失败后回来，写信给王羲之道："有愧于你一直以来对我的关照。"王羲之把信推开，说："这是禹、汤的自责。"

二十四

庾道季诧谢公曰[①]：裴郎云[②]：谢安谓裴郎乃可不恶，何得为复饮酒？（庾和、裴启已见。）裴郎又云：谢安目支道林[③]，如九方皋之相马，略其玄黄，取其俊逸。（《支遁传》曰：遁每标举会宗，而不留心象喻，解释章句，或有所漏，文字之徒，多以为疑。谢安石闻而善之曰：此九方皋之相马也，略其玄黄，而取其俊逸。《列子》曰：伯乐谓秦穆公曰：臣所与共儋缧薪菜者，有九方皋，此其于马，非臣之下也。公使行求马，反曰：得矣！牡而黄。使人取之，牝而骊。公曰：毛物牡牝之不知，何马之能知也？伯乐曰：若皋之观马者，天机也。得其精，亡其粗。在其内，亡其外。见其所见，不见其所不见。视其所视，遗其所不视。若彼之所相，有贵于马也。既而马果千里足。）谢公云：都无此二语，裴自为此辞耳。庾意甚不以为好，因陈东亭《经酒垆下赋》[④]。读毕，都不下赏裁，直云：君乃复作裴氏学[⑤]。于此《语林》遂废。今时有者，皆是先写，无复谢语。（《续晋阳秋》曰：晋隆和中，河东裴启撰汉、魏以来迄于今时言语应对之可称者，谓之《语林》。时人多好其事，文遂流行。后说太傅事不实，而有人于谢坐叙其黄公酒垆，司徒王珣为之赋，谢公加以与王不平，乃云：君遂复作裴郎学。自是众咸鄙其事矣。安乡人有罢中宿县诣安者，安问其归资。

答曰：岭南凋弊，唯有五万蒲葵扇，又以非时为滞货。安乃取其中者捉之，于是京师士庶竞慕而服焉。价增数倍，旬月无卖。夫所好生羽毛，所恶成疮痏。谢相一言，挫成美于千载。及其所与，崇虚价于百金。上之爱憎与夺，可不慎哉？）

注释

①庾道季：庾和。谢公：谢安。

②裴郎：裴启。

③支道林：支遁。

④东亭：王珣。《经酒垆下赋》事，参见《伤逝》二条。

⑤裴氏学：裴著《语林》，事有不实，谢讥为“裴氏学”，意思是裴氏胡编乱造的作品。

译文

庾和告诉谢安：“裴郎说：‘谢安认为裴郎还不坏，为什么还那样喝酒？’裴郎又说：‘谢安品评支道林，就像九方皋相马，不在乎马的玄黄颜色，而取它的俊逸。’”谢安说：“我没说过这两句话，这是裴启自己编出来的。”庾和觉得这样很不好，于是拿出王珣写的《经酒垆下赋》。读完，谢安不加评论，只说：“你也搞起裴氏学来了。”从此，《语林》就不流行了。如今保存该书的，都是以前抄写的，其中没有谢安的话。

三十

支道林入东[1]，见王子猷兄弟[2]。还，人问：见诸王何如？答曰：见一群白颈乌，但闻唤哑哑声。

注释

①支道林：支遁。

②王子猷：王徽之。

译文

支道林到浙东，见了王徽之兄弟。回来后，有人问："见了王家兄弟，怎么样？"支道林答："见了一群白颈鸟，只听见一片哑哑的叫声。"

假谲第二十七

一

魏武少时[①]，尝与袁绍好为游侠。观人新婚，因潜入主人园中，夜叫呼云：有偷儿贼！青庐中人皆出观[②]，魏武乃入，抽刃劫新妇，与绍还出。失道，坠枳棘中，绍不能得动。复大叫云：偷儿在此！绍遑迫自掷出，遂以俱免。（《曹瞒传》曰：操小字阿瞒，少好谲诈，游放无度。孙盛《杂语》云：武王少好侠，放荡不修行业。尝私入常侍张让宅中。让乃手戟于庭，逾垣而出，有绝人力，故莫之能害也。）

注释

①魏武：曹操。

②青庐：晋时举行婚礼，用青布幔围成房屋，谓之青庐，在此行交拜礼。

译文

曹操年轻时，好与袁绍干一些游侠的事。为了看人家新婚，他偷偷进入主人的园里，夜里大叫："有盗贼！"青庐里的人都出来看，曹操便进入青庐，用刀劫了新娘，和袁绍一起出去。因迷路，落入荆棘中，袁绍动弹不得。曹操又大叫道："盗贼在这儿！"袁绍惊慌挣扎出来，于是两人得以逃脱。

三

魏武行役，失汲道，军皆渴，乃令曰：前有大梅林，饶子，甘酸，可以解渴。士卒闻之，口皆出水，乘此得及前源。

译文

曹操行军，错过了水源，士兵都口渴。曹操便传令说："前面有一座大梅林，果实多，又甜又酸，可以解渴。"士兵们听了，都流口水，因此得以进军到有水处。

四

魏武常云：我眠中不可妄近，近便斫人，亦不自觉，左右宜深慎此。后阳眠，所幸一人窃以被覆之，因便斫杀。自尔每眠，左右莫敢近者。

译文

曹操常说："在我睡着时不要随意接近我，接近了我便要砍人，而我自己却不知道，我身边的人应严加注意这一点。"后来他假装睡着了，一个他宠幸的人偷偷地给他盖被，结果便被他砍死了。此后每当他睡时，身边的人没有敢近前的。

九

温公丧妇[①]。从姑刘氏，家值乱离散，唯有一女，甚有姿慧，姑以属公觅婚。公密有自婚意，答云：佳婿难得，但如峤比云何？姑云：丧败之余，乞粗存活，便足慰吾余年，何敢希汝比？却后少日，公报姑云：已觅得婚处，门地粗可，婿身名宦，尽不减峤。因下玉镜台一枚。姑大喜。既婚，交礼，女以手披纱扇，抚掌大笑曰：我固疑是老奴，果如所卜！（按《温氏谱》：峤初取高平李暅女，中取琅邪王诩女，后取庐江何邃女。都不闻取刘氏，便为虚谬。谷口云：刘氏，政谓其姑尔，非指其女姓刘也。孝标之注，亦未为得。）玉镜台，是公为刘越石长史[②]，北征刘聪所得。（王隐《晋书》曰：建兴二年，峤为刘琨假守左司马，都督上前锋诸军事，讨刘聪。《晋阳秋》曰：聪一名载，字玄明，屠各人。父渊，因乱起兵，死，聪嗣业。）

注释

①温公：温峤。

②刘越石：刘琨。

译文

温峤死了妻子。从姑刘氏，家人遭乱离散，唯有一女儿，极其聪惠漂亮，从姑嘱托温峤选个女婿。温峤自己有娶刘女的意思，回答说："好女婿难找，但像我这样的怎样？"从姑说："家遭丧败之后，好歹找个人养活，便足以安慰我的余年了，哪敢求你这样的？"过了几天，温峤告诉从姑："已选到夫婿，门第还凑合，夫婿的名声官职，都不次于我。"于是拿出一枚玉镜台为聘礼。从姑大喜。结婚那天举行了交拜礼后，刘女用手掀开盖头，拍手大笑道："我本就怀疑是你这老家伙，果然如此！"玉镜台，是温峤任刘琨的长史时，北征刘聪时得到的。

十一

愍度道人始欲过江，与一伧道人为侣[①]。谋曰：用旧义在江东，恐不办得食。便共立心无义[②]。既而此道人不成渡，愍度果讲义积年。（《名德沙门题目》曰：支愍度才鉴清出。孙绰《愍度赞》曰：支度彬彬，好是拔新。俱禀昭见，而能越人。世重秀异，咸竞尔珍。孤桐峄阳，浮磬泗滨。）后有伧人来，先道人寄语云：为我致意愍度，无义那可立？（旧义者曰：种智有是，而能圆照。然则万累斯尽，谓之空无；常住不变，谓之妙有。而无义者曰：种智之体，豁如太虚，虚而能知，无而能应。居宗至极，其唯无乎？）治此计，权救饥尔！无为遂负如来也。

注释

①伧：晋时南方人骂北方人的话。

②心无：心无宗，东晋佛教般若学“六家七宗”之一。主张“经中说诸法空者，欲令心体虚妄不执，故言无耳”。

译文

愍度道人要过江时，和一位北方和尚为伴。两人商量道：“用旧的教义在江东，恐怕挣不到饭吃。”于是两人共同创立“心无”的教义。后来这个北方和尚没过江，愍度在江东宣讲了好几年“心无”。后来有位北方人来，捎来那位和尚的话，说：“为我致意愍度，心无义怎能立得住？想出这个点子，不过暂为不饿肚子而已！不要辜负了如来佛。”

黜免第二十八

幽兰第二十八

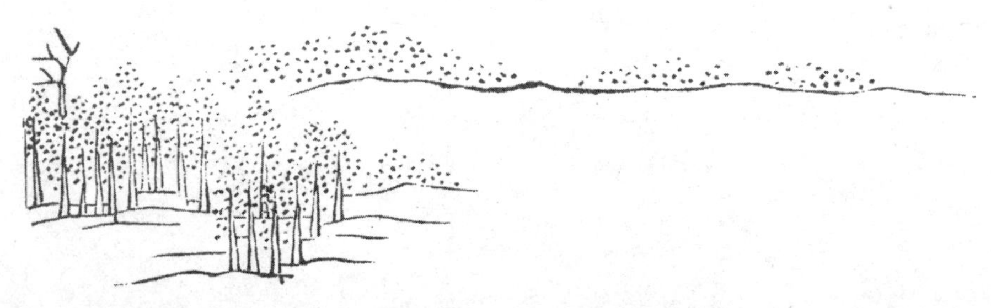

一

诸葛厷在西朝[1]，少有清誉，为王夷甫所重[2]，时论亦以拟王。后为继母族党所谗，诬之为狂逆。将远徙，友人王夷甫之徒诣槛车与别。厷问：朝廷何以徙我？王曰：言卿狂逆。厷曰：逆则应杀[3]，狂何所徙？（厷已见。）

注释

①诸葛厷：见《文学》十三条刘注。

②王夷甫：王衍，见《言语》二十三条刘注。

③逆：忤逆，在古时为重罪。

译文

诸葛厷在西晋，年轻时便有声誉，为王衍所器重，舆论也将他和王衍相比。后来他为继母族党陷害，被诬为“狂逆”。他将流放远方，友人王衍等到槛车前和他告别。诸葛厷问：“朝廷为什么流放我？”王衍说：“说你狂逆。”诸葛厷说：“忤逆应当处死，狂则为何流放？”

四

桓公坐有参军椅烝薤不时解[①]，共食者又不助，而椅终不放，举坐皆笑。桓公曰：同盘尚不相助，况复危难乎？敕令免官。

注释

①桓公：桓温，见《言语》五十五条刘注。椅：据注家解为“猗”之误。古“猗”“攲”通用，即用箸取物。薤：植物名。

译文

在桓温的席上，有位参军用筷子夹蒸薤夹不起来，同席的人不帮他，而他还在夹，座中人都笑。桓温说：“同桌吃饭尚且不相助，何况在危难之中？”下令免了看热闹者的官职。

八

桓玄败后，殷仲文还为大司马咨议[①]，意似二三，非复往日。大司马府厅前有一老槐，甚扶疏。殷因月朔，与众在厅，视槐良久，叹曰：槐树婆娑[②]，无复生意。(《晋安帝纪》曰：桓玄败，殷仲文归京师。

高祖以其卫从二后，且以大信宣令，引为镇军长史。自以名辈先达，位遇至重，而后来谢混之徒，皆畴昔之所附也，今比肩同列，常怏然自失。后果徙信安。）

注释

①大司马：司马德文，公元419年即位为晋恭帝。

②婆娑：枝叶散乱貌。

译文

桓玄失败后，殷仲文回京任大司马咨议，心意恍惚，不像往日那样干练了。大司马府厅前有一棵老槐，极为茂盛。殷仲文在月初，和大家在厅里，将老槐看了很久，叹道："槐树婆娑，不再有生机了。"

俭啬第二十九

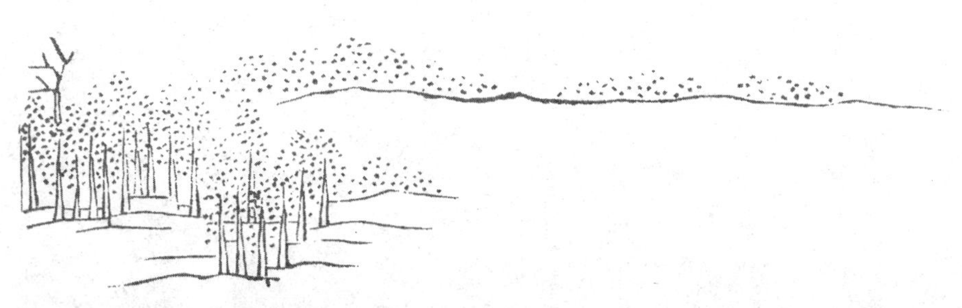

一

和峤性至俭。家有好李，王武子求之[1]，与不过数十。王武子因其上直，率将少年能食之者持斧诣园。饱共啖毕，伐之，送一车枝与和公，问曰：何如君李？和既得，唯笑而已。(《晋诸公赞》曰：峤性不通，治家富拟王公，而至俭，将有犯义之名。《语林》曰：峤诸弟往园中食李，而皆计核责钱。故峤妇弟王济伐之也。)

注释

①王武子：王济。

译文

和峤极为俭省。他家有好李子，王济去要，他给了不过几十个。王济趁他去值班，带着一伙少年能吃的，拿着斧子来到园里。大家饱吃一顿之后，把李子树砍了，送了一车树枝给和峤，问："这比你的李子怎样？"和峤收下了树枝，只是笑了笑。

二

王戎俭吝，其从子婚，与一单衣，后更责之。(王隐《晋书》曰：戎性至俭，不能自奉养，财不出外，天下人谓为膏肓之疾。)

译文

王戎吝啬，他的侄子结婚，他送了一件单衣，后来又要了回来。

七

王丞相俭节[①]，帐下甘果，盈溢不散。涉春烂败，都督白之，公令舍去，曰：慎不可令大郎知[②]。(王悦也。)

注释

①王丞相：王导。

②大郎：王悦，王导长子，字长豫。

译文

王导节俭，府中的水果存了很多，也不送人。春天水果腐烂，都督来报告，王导叫扔掉，说："小心不要叫大郎知道。"

八

苏峻之乱[①]，庾太尉南奔见陶公[②]。陶公雅相赏重。

陶性俭吝,及食,啖薤[3],庾因留白[4]。陶问:用此何为?庾云:故可种。于是大叹庾非唯风流,兼有治实。

注释

①苏峻:见《方正》三十四条刘注。

②庾太尉:庾亮。陶公:陶侃。

③薤:多年生草本植物,地下有鳞茎,可吃。

④白:即薤菜的鳞茎。

译文

苏峻叛乱时,庾亮南奔去投陶侃。陶侃很器重他。陶侃节俭,进餐时吃薤,庾亮留下鳞茎不吃。陶侃问:“留下这个干什么?”庾亮说:“还可以种。”于是陶侃大叹庾亮不但风流,而且务实。

汰侈第三十

宋词第三十

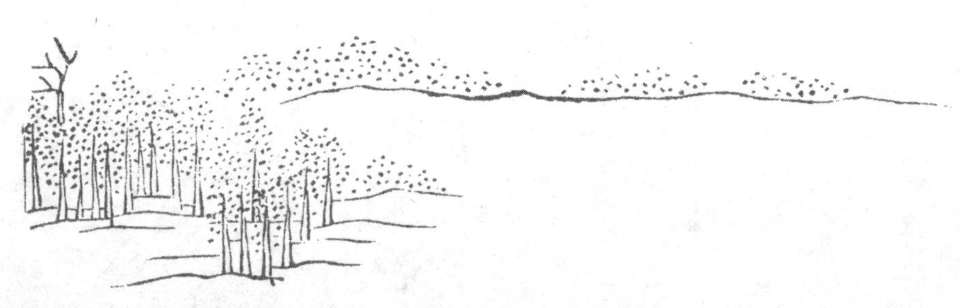

一

石崇每要客燕集[①]，常令美人行酒。客饮酒不尽者，使黄门交斩美人[②]。王丞相与大将军尝共诣崇[③]。丞相素不能饮，辄自勉强，至于沉醉。每至大将军，固不饮，以观其变。已斩三人，颜色如故，尚不肯饮。丞相让之，大将军曰：自杀伊家人，何预卿事！（王隐《晋书》曰：石崇为荆州刺史，劫夺杀人，以致巨富。《王丞相德音记》曰：丞相素为诸父所重，王君夫问王敦：闻君从弟佳人，又解音律，欲一作妓，可与共来。遂往。吹笛人有小忘，君夫闻，使黄门阶下打杀之，颜色不变。丞相还曰：恐此君处世，当有如此事。两说不同，故详录。）

注释

①石崇：见八条刘注。

②黄门：指宦官。

③王丞相：王导。大将军：王敦。

译文

石崇每请客举行宴会，常叫美人劝酒。客人有喝酒不尽量的，便叫黄门将美人杀了。王导和王敦曾一起拜访石崇。王导一向不能喝酒，他勉强喝，以致大醉。每次劝酒到王敦，王敦坚持不喝，看有什么变故。已杀了三个美人，王敦神色如故，仍不肯喝。王导责怪他，他说：“他自杀自家人，关你什么事！”

三

武帝尝降王武子家[1]，武子供馔，并用琉璃器。婢子百余人，皆绫罗袴褶[2]，以手擎饮食。烝豚肥美，异于常味。帝怪而问之，答曰：以人乳饮豚。帝甚不平，食未毕便去。王、石所未知作[3]。（褶，一作裸。）

注释

①武帝：晋武帝司马炎。王武子：王济。

②褶 luó：女人上衣。

③王、石：王恺、石崇，分别见四条、八条刘注。

译文

晋武帝到王济家，王济设宴，用的都是琉璃器具。有一百多婢女，都穿着绫罗衣裤，手举着饮食。蒸的小猪味道特别好，不同于平常味道。武帝感到奇怪，问王济。他回答：“是用人奶喂的小猪。”武帝心中极为不平，没吃完就走了。王恺、石崇也不知这种蒸猪的制作方法。

四

王君夫以粭糒澳釜[①]，石季伦用蜡烛作炊[②]。君夫作紫丝布步障碧绫里四十里[③]，石崇作锦步障五十里以敌之。石以椒为泥[④]，王以赤石脂泥壁[⑤]。(《晋诸公赞》曰：王恺字君夫，东海人，王肃子也。虽无检行，而少以才力见名，有在公之称。既自以外戚，晋氏政宽，又性至豪。旧制，鸩不得过江，为其羽栎酒中，必杀人。恺为翊军时，得鸩于石崇而养之。其大如鹅，喙长尺余，纯食蛇虺。司隶奏按恺、崇，诏悉原之，即烧于都街。恺肆其意色，无所忌惮。为后军将军，卒，谥曰丑。)

注释

①粭：同饴，糖膏。糒：干饭。

②石季伦：石崇，见八条刘注。

③步障：用以遮蔽风尘或障蔽内外的帷幕。

④椒：树名。叶有香味，古时后妃住室用以和泥抹墙。

⑤赤石脂：风化石的一种。

译文

王恺用糖膏和干饭刷锅，石崇用蜡烛烧饭。王恺用紫丝布做步障长四十里，并以碧绫当衬里，石崇用锦做了五十里长的步障来相敌。石崇用椒叶和泥抹墙，王恺用赤石脂抹墙。

七

王君夫尝责一人无服余衵[①]，因直内箸曲阁重闺里[②]，不听人将出。遂饥经日，迷不知何处去。后因缘相为，垂死，乃得出。

注释

①王君夫：王恺，见四条刘注。衵：近身衣。

②曲阁重闺：弯曲的走廊、重重的内室。

译文

王恺曾责怪一人没穿近身衣，便将这人弄到曲阁重闺中，不让人领他出来。这人饿了一天，在里面迷了路。后来碰巧找到了出路，快要死了才得以出来。

八

石崇与王恺争豪[①]，并穷绮丽，以饰舆服。(《续文章志》曰：崇资产累巨万金，宅室舆马，僭拟王者。庖膳必穷水陆之珍。后房百数，皆曳纨绣，珥金翠，而丝竹之艺，尽一世之选。筑榭开沼，殚极人巧。与贵戚羊琇、王恺之徒竞相高以侈靡，而崇为居最之首。琇等每愧羡，以为不及也。）武帝[2]，恺之甥也，每助恺。尝以一珊瑚树，高二尺许赐恺。枝柯扶疏，世罕其比。恺以示崇。崇视讫，以铁如意击之[3]，应手而碎。恺既惋惜，又以为疾己之宝，声色甚厉。崇曰：不足恨，今还卿。乃命左右悉取珊瑚树，有三尺四尺，条干绝世，光彩溢目者六七枚，如恺许比甚众。恺惘然自失。（《南州异物志》曰：珊瑚生大秦国。有洲在涨海中，距其国七八百里，名珊瑚树洲。底有盘石，水深二十余丈，珊瑚生于石上。初生白，软弱似菌。国人乘大船，载铁网，先没在水下。一年便生网目中，其色尚黄，枝柯交错，高三四尺，大者围尺余。三年色赤，便以铁钞发其根，系铁网于船，绞车举网。还，裁凿恣意所作。若过时不凿，便枯索虫蠹。其大者输之王府，细者卖之。《广志》曰：珊瑚大者，可为车轴。）

注释

①石崇、王恺：分别见八条、四条刘注。

②武帝：晋武帝司马炎。

③如意：古时用于挠痒或把玩的器物。

译文

石崇和王恺斗富，都尽可能奢华地装饰车马衣服。晋武帝是王恺的外甥，常帮助王恺。武帝曾将一株高二尺左右的珊瑚树赐给王恺。这株珊瑚树枝干繁茂，世上少有。王恺拿给石崇看。石崇看了，用铁如意打去，珊瑚树被打碎了。王恺既惋惜，又认为石崇是嫉妒自己的宝物，声色俱厉。石崇说："不值得这么恼恨，我还你。"于是叫左右把珊瑚树都拿来。其中，三四尺高、枝干罕见、光彩夺目的有六七株，而像王恺那样的极多。王恺怅然若失。

十一

彭城王有快牛，至爱惜之。（朱凤《晋书》曰：彭城穆王权，字子舆，宣帝弟馗子。太始元年封。）王太尉与射[①]，赌得之。彭城王曰：君欲自乘则不论，若欲啖者，当以二十肥者代之。既不废啖，又存所爱。王遂杀啖。

注释

①王太尉：王衍，见《言语》二十三条刘注。

译文

司马权有一头快牛，极为爱惜。王衍和他赌射箭，把牛赢了。司马权说："你要自己乘坐就不必说了。如要吃肉，我用二十头肥牛来换。这样你既能吃肉，我又保存了所喜欢的牛。"王衍竟杀了快牛吃肉。

忿狷第三十一

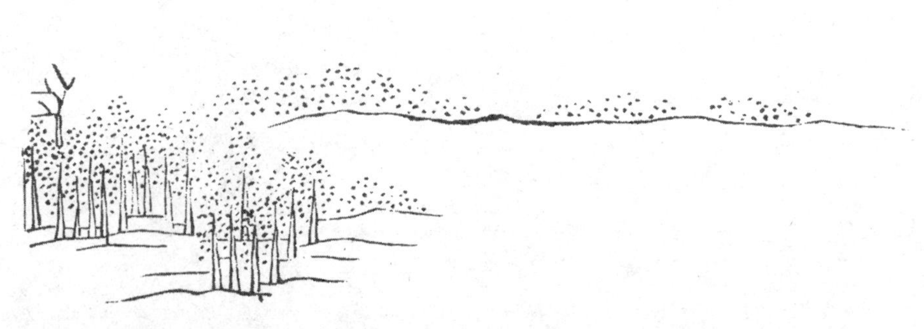

一

魏武有一妓，声最清高，而情性酷恶。欲杀则爱才，欲置则不堪。于是选百人一时俱教。少时，还有一人声及之，便杀恶性者。

译文

曹操有一个歌妓，声调最清高，但脾气极坏。想杀了她又爱她的才能，放过她又忍受不了。于是选了一百个人同时训练。不久，又有一人的声调赶上了她，便把她杀了。

二

王蓝田性急[①]。尝食鸡子，以箸刺之。不得，便大怒，举以掷地。鸡子于地圆转未止，仍下地以屐齿蹍之[②]，又不得。瞋甚，复于地取内口中，啮破即吐之。王右军闻而大笑曰[③]：使安期有此性[④]，犹当无一豪可论，况蓝田邪？（《中兴书》曰：述清贵简正，少所推屈，唯以性急为累。安期，述父也。有名德，已见。）

注释

①王蓝田：王述，见《文学》二十二条刘注。

②屐：木屐，前后有齿。

③王右军：王羲之。

④安期：王承，为王述父，冲淡寡欲，为政清静，与王述的急性子相反。

译文

王述性急。他吃鸡蛋，用筷子去夹。没夹着，便大怒，拿起来扔到了地上。鸡蛋在地上转个不停，他又下地用木屐齿踩，又没踩着。他气得不行，从地上把鸡蛋捡起来放到嘴里，嚼碎了马上吐了。王羲之听了大笑道："假使安期有这种急性，也无一点可取，何况是蓝田？"

四

桓宣武与袁彦道樗蒱[①]，袁彦道齿不合[②]，遂厉色掷去五木[③]。温太真云[④]：见袁生迁怒，知颜子为贵[⑤]。(《论语》曰：哀公问弟子孰为好学？孔子曰：有颜回者，好学，不迁怒，不贰过，不幸短命死矣。)

注释

①桓宣武：桓温。袁彦道：袁耽，分别见《言语》五十五条、《任诞》三十四条刘注。樗蒱：古时的博戏。以掷骰决胜负。

②齿：骰子。

③五木：古博具。斫木为子，一具五子。

④温太真：温峤。

⑤颜子：颜回。

译文

桓温和袁耽赌博，袁耽掷的骰子不如意，便怒冲冲地把五木扔了。温峤说："见袁生迁怒于五木，才明白颜子的可贵。"

六

王令诣谢公[①]，值习凿齿已在坐[②]，当与并榻。王徙倚不坐，公引之与对榻。去后，语胡儿曰[③]：子敬实自清立，但人为尔多矜咳，殊足损其自然[④]。（刘谦之《晋纪》曰：王献之性甚整峻，不交非类。）

注释

①王令：王献之。谢公：谢安。

②习凿齿：字彦威，襄阳人。少以文称，善尺牍。

③胡儿：谢朗，字长度，小名胡儿。

④习出身寒士，且有足疾，故王不与并榻。

译文

王献之拜访谢安，赶上习凿齿已在座，按理要和他并榻而坐。王献之徘徊不坐，谢安便把他让到对面榻上坐。王献之离去后，谢安对谢朗说："王子敬真是清高，但做人要这么矜持做作，实在有损于自然。"

逸险第三十二

二

袁悦有口才，能短长说[①]，亦有精理。始作谢玄参军[②]，颇被礼遇。后丁艰，服除还都，唯赍《战国策》而已。语人曰：少年时读《论语》《老子》，又看《庄》《易》，此皆是病痛事，当何所益邪？天下要物，正有《战国策》。既下，说司马孝文王[③]，大见亲待，几乱机轴[④]，俄而见诛。(《袁氏谱》曰：悦字元礼，陈郡阳夏人。父朗，给事中。仕至骠骑咨议。太元中，悦有宠于会稽王，每劝专览朝权，王颇纳其言。王恭闻其说，言于孝武。乃托以它罪，杀悦于市中。既而朋党同异之声，播于朝野矣。)

注释

①短长说：指战国时纵横游说之术。

②谢玄：谢奕第三子，字幼度。

③司马孝文王：《晋书》为司马文孝王，即司马道子，简文帝第五子。

④机轴：喻枢要之位。机，弩牙。轴，车轴。

译文

袁悦有口才，能游说，也精通玄学。开始时任谢玄的参军，很受器重。后来遭父母丧，服完丧回到都城，只带着《战国策》而已。他对人说："年轻时读《论语》《老子》，又看《庄子》《易经》，讲的都是些小事，有什么益处呢？天下最重要的东西，就是《战国策》。"到了都城后，游说司马道子，极得亲信，几乎乱了朝纲，不久便被处死了。

三

孝武甚亲敬王国宝、王雅[①]。(《雅别传》曰：雅字茂建，东海沂人，少知名。《晋安帝纪》曰：雅之为侍中，孝武甚信而重之。王珣、王恭特以地望见礼，至于亲幸，莫及雅者。上每置酒燕集，或召雅未至，上不先举觞。时议谓珣、恭宜傅东宫，而雅以宠幸，超授太傅、尚书左仆射。)雅荐王珣于帝，帝欲见之。尝夜与国宝、雅相对，帝微有酒色，令唤珣。垂至，已闻卒传声。国宝自知才出珣下，恐倾夺其宠，因曰：王珣当今名流，陛下不宜有酒色见之，自可别诏召也。帝然其言，心以为忠，遂不见珣。

注释

①孝武：晋孝武帝司马昌明，见《言语》八十九条刘注。王国宝：平北将军王坦之第三子，太傅谢安之婿。

译文

孝武帝非常亲敬王国宝、王雅。王雅向孝武帝推荐了王珣，孝武帝想见见他。孝武帝夜里和王国宝、王雅相对而坐，孝武帝有点醉意，传令王珣来。王珣将到，已听到了外面的传呼声。王国宝自知才干在王珣之下，怕他夺去皇上对自己的宠信，便说："王珣是当今的名士，陛下不应带着醉意见他，可以另找时间召见。"孝武帝认为说得对，觉得王国宝忠于自己，便不再见王珣了。

四

王绪数谗殷荆州于王国宝①，殷甚患之，求术于王东亭②。曰：卿但数诣王绪，往辄屏人，因论它事。如此，则二王之好离矣。殷从之。国宝见王绪，问曰：比与仲堪屏人何所道？绪云：故是常往来，无它所论。国宝谓绪于己有隐，果情好日疏，谗言以息。（按国宝得宠于会稽王，由绪获进。同恶相求，有如市贾，终至诛夷，曾不携贰。岂有仲堪微间而成离隙。）

注释

①殷荆州：殷仲堪。

②王东亭：王珣。

译文

王绪屡次向王国宝说殷仲堪的坏话，殷仲堪非常担心，求教于王珣。王珣说："你可以常去拜访王绪，去了就把其他人支开，说些无关紧要的事。这样，就离间了二王的关系。"殷仲堪照他说的去做了。王国宝见了王绪问："近来殷仲堪支开别人和你说了些什么？"王绪说："只是平常往来，没有说什么。"王国宝认为王绪对自己有所隐瞒，果然彼此日益疏远，王绪也不再说殷仲堪的坏话了。

尤悔第三十三

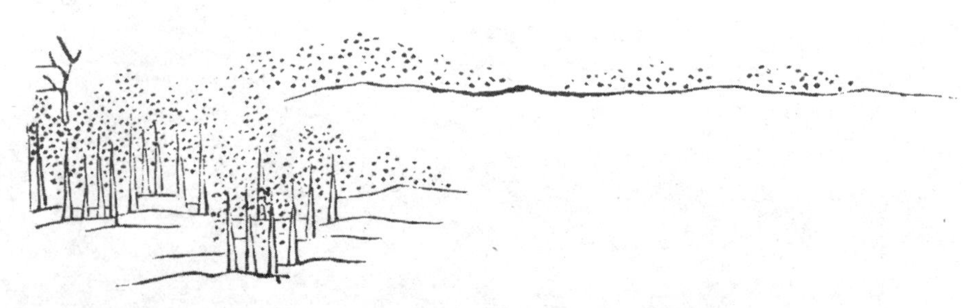

一

魏文帝忌弟任城王骁壮[1]，因在卞太后阁共围棋，并啖枣。文帝以毒置诸枣蒂中，自选可食者而进，王弗悟，遂杂进之。既中毒，太后索水救之。帝预敕左右毁瓶罐，太后徒跣趋井，无以汲。须臾，遂卒。(《魏略》曰：任城威王彰，字子文，太祖卞太后第二子。性刚勇而黄须，北讨代郡，独与麾下百余人突虏而走。太祖闻曰：我黄须儿可用也！《魏志春秋》曰：黄初三年，彰来朝。初，彰问玺绶，将有异志，故来朝不即得见，有此忿惧而暴薨。)复欲害东阿[2]，太后曰：汝已杀我任城，不得复杀我东阿。(《魏志·方伎传》曰:文帝问占梦周宣:吾梦磨钱文，欲灭而愈更明，何谓?宣怅然不对。帝固问之，宣曰:陛下家事，虽欲尔，而太后不听，是以欲灭更明耳。帝欲治弟植之罪，逼于太后，但加贬爵。)

注释

①魏文帝：曹丕。

②东阿：曹植。

译文

魏文帝忌怕曹彰骁勇雄壮，便在卞太后的房中和曹彰下围棋，并吃枣。魏文帝把毒药下在枣蒂中，自己捡没毒的吃。曹彰不知道，有毒没毒的都吃了。中毒之后，卞太后找水救他。魏文帝事先命令手下毁去了瓶罐，卞太后赤着脚赶到井旁，却无法打水。不一会儿，曹彰便死了。魏文帝又要害曹植，卞太后说："你已经杀了我的任城王，不得再杀我的东阿王。"

三

陆平原河桥败[①]，为卢志所谗，被诛。（王隐《晋书》曰：成都王颖讨长沙王乂，使陆为都督前锋诸军事。《机别传》曰：成都王长史卢志，与机弟云趣舍不同。又黄门孟玖求为邯郸令于颖，颖教付云。云时为左司马，曰：刑余之人，不可以君民。玖闻此怨云，与志谗构日至。及机于七里涧大败，玖诬机谋反所致，颖乃使牵秀斩机。先是，夕梦黑幔绕车，手决不开，恶之。明旦，秀兵奄至。机解戎服，箸衣帢见秀，容貌自若，遂见害。时年四十三。军士莫不流涕。是日天地雾合，大风折木，平地尺雪。干宝《晋纪》曰：初，陆抗诛步阐，百口皆尽，有识尤之。及机、云见害，三族无遗。）临刑叹曰：欲闻华亭鹤唳，可复得乎！（《八王故事》曰：华亭，吴由拳县郊外墅也，有清泉茂林。吴平后，陆机兄弟共游于此十余年。《语林》曰：机为河北都督，闻警角之声，谓孙丞曰：闻此不如华亭鹤唳。故临刑而有此叹。）

注释

①陆平原：陆机。

译文

陆机在河桥战败，因卢志进谗言，被处死。陆机临刑时叹道："想听华亭的鹤唳，还能听到么？"

六

王大将军起事①，丞相兄弟诣阙谢②。周侯深忧诸王③，始入，甚有忧色。丞相呼周侯曰：百口委卿！周直过不应。既入，苦相存救。既释，周大说饮酒。及出，诸王故在门。周曰：今年杀诸贼奴，当取金印如斗大系肘后。大将军至石头，问丞相曰：周侯可为三公不④？丞相不答。又问：可为尚书令不？又不应。因云：如此，唯当杀之耳！复默然。逮周侯被害，丞相后知周侯救己，叹曰：我不杀周侯，周侯由我而死，幽冥中负此人。（虞预《晋书》曰：敦克京邑，参军吕猗说敦曰：周顗、戴渊皆有名望，足以惑众。视近日之言，无惭惧之色，若不除之，役将未歇也。敦即然之，遂害渊、顗。初，猗为台郎，渊既上官，素有高气，以猗小器待之，故售其说焉。）

注释

①王大将军：王敦。公元322年，王敦以“清君侧”的名义，在武昌起兵，攻克都城建康。

②丞相：王导。导为敦的堂弟，敦起兵，导怕危及自己，便带着亲族主动到朝中请罪。

③周侯：周顗。

④三公：指太尉、司徒、司空。

译文

王敦起事，王导兄弟到朝廷请罪。周顗非常担心王导等人的命运，进宫时，满脸忧虑之色。王导喊周顗道：“我一家百口就托付你了。”周顗直走过去而不应声。进宫后，他苦苦地求免王导等人。皇上答应之后，周顗极高兴地喝了酒。出了宫，王家兄弟还在门中。周顗说：“今年杀那些个叛贼，可以得到斗大的金印挂在胳膊上。”王敦到了石头城，问王导：“周顗可任为三公吗？”王导不答。又问：“可以任为尚书令吗？”王导还不答。于是王敦说：“这样的话，只能杀掉了。”王导仍不吱声。待周顗被害后，王导得知他曾救过自己，叹道：“我没有杀周侯，周侯却因我而死。在阴间里我有负于这个人。”

七

王导、温峤俱见明帝[1]，帝问温前世所以得天下之由。温未答。顷，王曰：温峤年少未谙，臣为陛下陈之。王乃具叙宣王创业之始[2]，诛夷名族，宠树同己。及文王之末[3]，高贵乡公事[4]。（宣王创业，诛曹爽，任蒋济之流者是也。高贵乡公之事，已见上。）明帝闻之，覆面箸床曰：若如公言，祚安得长！

注释

①明帝：司马绍。

②宣王：司马懿。

③文王：司马昭。

④高贵乡公：曹髦。

译文

王导、温峤同见晋明帝，晋明帝问温峤自己的前辈是怎么取得天下的。温峤没回答。过了一会儿，王导说："温峤年轻不了解，我来向陛下说说。"王导便详述了宣王创业初期，诛杀世家大族、扶植亲己势力，以及文王后期杀高贵乡公的事。晋明帝听了，把脸伏在坐榻上说："如你所说，晋朝的寿命怎会长得了！"

十一

阮思旷奉大法①，敬信甚至。大儿年未弱冠②，忽被笃疾。(《阮氏谱》曰：牖字彦伦，裕长子也。仕至州主簿。)儿既是偏所爱重，为之祈请三宝③，昼夜不懈。谓至诚有感者，必当蒙祐，而儿遂不济。于是结恨释氏，宿命都除。(以阮公智识，必无此弊。脱此非谬，何其惑欤？夫文王期尽，圣子不能驻其年。释种诛夷，神力无以延其命。故业有定限，报不可移。若请祷而望其灵，匪验而忽其道，固陋之徒耳，岂可以言神明之智者哉！)

注释

①阮思旷：阮裕。

②弱冠：古时男子二十成人，行加冠礼。体未壮，故称弱冠。

③三宝：佛教以佛、法、僧为三宝。

译文

阮裕信奉佛教，极为虔诚。他大儿子不到二十岁，忽然得了重病。他极为偏爱器重大儿子，为他祈请三宝，昼夜不停。认为至诚能感动佛祖，必能蒙受保佑。但儿子还是不行了。于是结怨于佛教，不再相信宿命了。

十五

简文见田稻不识[1]，问是何草，左右答是稻。简文还，三日不出，云：宁有赖其末而不识其本[2]？（文公种菜，曾子牧羊，纵不识稻，何所多悔？此言必虚。）

注释

①简文：司马昱。

②末：指稻米。本：指禾苗。彼此相对而言。

译文

司马昱见了田里的禾苗不认识，问是什么草。左右回答说是禾苗。司马昱回来后，三天不出门，说："怎么能依赖着米生存却不认识禾苗？"

十七

桓公初报破殷荆州[1]，（周祗《隆安记》曰：仲堪以人情注于玄，疑朝廷欲以玄代己，遣道人竺僧慭赍宝物遗相王宠幸、媒尼、左右，以罪状玄。玄知其谋而击灭之。）曾讲《论语》。至富与贵，是人之所欲，不以其道得之不处，（孔安国注曰：不以其道得富贵，则仁者不处。）玄意色甚恶[2]。

注释

①桓公：当为桓玄。殷荆州：殷仲堪。

②殷原来对桓较厚，桓使诈攻破其城，夺其地。

译文

桓玄得到报告说击败了殷仲堪时，正在讲论《论语》。讲到“富与贵，是人们所向往的，但不以正确的方法得来，就不要”时，桓玄脸色极难看。

纰漏第三十四

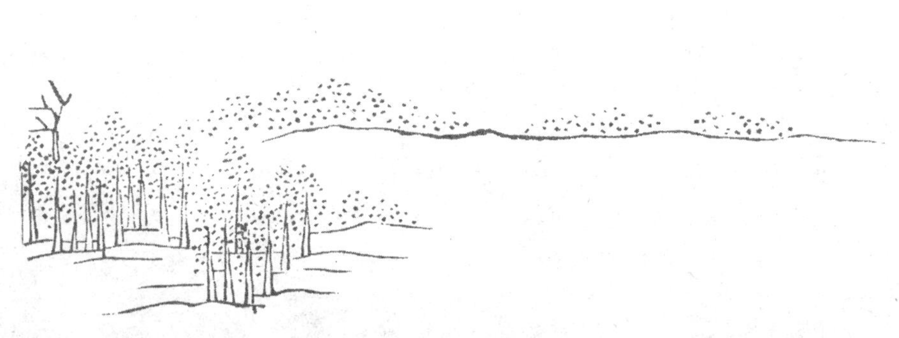

一

王敦初尚主，（敦尚武帝女舞阳公主，字修祎。）如厕，见漆箱盛干枣。本以塞鼻，王谓厕上亦下果，食遂至尽。既还，婢擎金澡盘盛水，琉璃碗盛澡豆[①]。因倒箸水中而饮之，谓是干饭。群婢莫不掩口而笑之。

注释

①澡豆：古时洗涤用的粉剂，用豆末和各种药物混合制成。

译文

王敦刚娶公主时，去厕所，见漆箱里盛着干枣。本来这是用来塞鼻子的，王敦以为上厕所也要吃干果，便都给吃光了。出了厕所，婢女端来金澡盘盛着水，琉璃碗盛着澡豆。王敦便把澡豆倒到水里喝了，说是干饭。婢女们都捂着嘴笑。

五

谢虎子尝上屋熏鼠。（虎子，据小字。据字玄道，尚书褒第二子。年三十三亡。）胡儿既无由知父为此事[①]，闻人道痴人有作此者，戏笑之。时道此非复一过。太傅既了己之不知[②]，因其言次，语胡儿曰：世人以此谤中郎，亦言我共作此。（中郎，据也。章仲反。按世有兄弟三人，则谓第二者为中，今谢昆弟有六，而以据为中郎，未可解。当由有三时，以中为称，因仍不改也。）胡儿懊热，一月日闭斋不出。太傅虚托引己之过，以相开悟，可谓德教。

注释

①胡儿：谢朗，谢据的长子。

②太傅：谢安。

译文

谢据曾上房熏老鼠。谢朗不知父亲有过这事，听人说一个傻子曾干过这种事，便嘲笑起来，而且时时说起，不止一回。谢安了解到他不知详情，便在闲谈时，对谢朗说："人们以这件事来诽谤中郎，也说我和他一起干了这种事。"谢朗懊恼发烧，一个月闭门不出。谢安撒谎，把事情引到自己身上，以点明谢朗，可称得上是德教。

七

虞啸父为孝武侍中[①]，帝从容问曰：卿在门下[②]，初不闻有所献替[③]。虞家富春，近海，谓帝望其意气，对曰：天时尚暖，鰶鱼虾鱃未可致[④]，寻当有所上献。帝抚掌大笑。(《中兴书》曰：啸父，会稽人，光禄潭之孙，右将军纯之子。少历显位，与王廞同废为庶人。义旗初，为会稽内史。)

注释

①孝武：晋孝武帝司马昌明，见《言语》八十九条刘注。

②门下：侍中为门下省的长官。

③献替：指建树。虞误以为进献。

④鰶：鱼名，可做酱。鱃：应为鲝，经加工便于贮藏的水产品。

译文

虞啸父任孝武帝的侍中，孝武帝随口问道："你在门下省，没听说有什么贡献。"虞啸父家在富春，近海，以为皇上希望他有所献纳，回答说："天气还热，鰶鱼虾鲝等还不到时候，不久会贡献的。"孝武帝拍手大笑。

惑溺第三十五

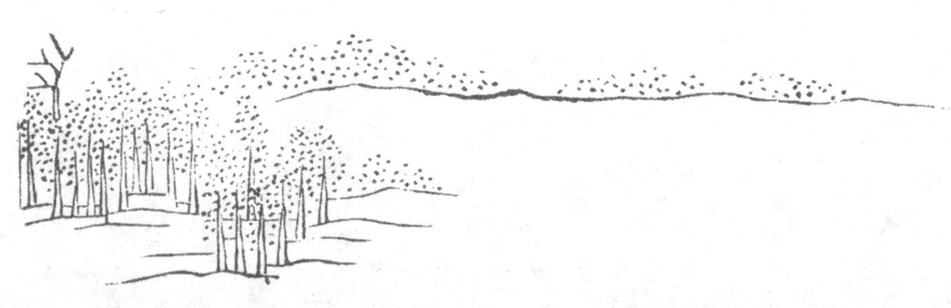

一

魏甄后惠而有色，先为袁熙妻，甚获宠。曹公之屠邺也，令疾召甄。左右曰：五官中郎已将去①。公曰：今年破贼正为奴。（《魏略》曰：建安中，袁绍为中子熙娶甄会女。绍死，熙出在幽州，甄留侍姑。及邺城破，五官将从而入绍舍，见甄怖，以头伏姑膝上。五官将谓绍妻袁夫人：扶甄令举头。见其色非凡，称叹之。太祖闻其意，遂为迎娶，擅室数岁。《世语》曰：太祖下邺，文帝先入袁尚府，见妇人被发垢面，垂涕立绍妻刘后。文帝问，知是熙妻，使令揽发，以袖拭面，姿貌绝伦。既过，刘谓甄曰：不复死矣。遂纳之，有子。《魏氏春秋》曰：五官将纳熙妻也，孔融与太祖书曰：武王伐纣，以妲己赐周公。太祖以融博学，真谓书传所记。后见融问之，对曰：以今度古，想其然也。）

注释

①五官中郎：曹丕。

译文

魏甄后贤惠而漂亮，先前是袁熙的妻子，极受宠爱。曹操攻破邺城，下令赶紧召甄氏来。左右报告："五官中郎已把她带走了。"曹操说："我今年进攻袁军，正是为了这女子。”

二

荀奉倩与妇至笃[①]。冬月妇病热，乃出中庭自取冷，还以身熨之。妇亡，奉倩后少时亦卒。以是获讥于世。(《粲别传》曰：粲常以妇人才智不足论，自宜以色为主。骠骑将军曹洪女有色，粲于是聘焉。容服帷帐甚丽，专房燕婉。历年后妇病亡。未殡，傅嘏往喭粲，粲不明而神伤。嘏问曰：妇人才色并茂为难。子之聘也，遗才存色，非难遇也，何哀之甚？粲曰：佳人难再得。顾逝者不能有倾城之异，然未可易遇也。痛悼不能已已。岁余亦亡。亡时年二十九。粲简贵，不与常人交接，所交者一时俊杰。至葬夕，赴期者裁十余人，悉同年相知名士也。哭之，感恸路人。粲虽褊隘，以燕婉自丧，然有识犹追惜其能言。)奉倩曰：妇人德不足称，当以色为主。裴令闻之曰[②]：此乃是兴到之事，非盛德言，冀后人未昧此语。(何劭论粲曰：仲尼称有德者有言。而荀粲减于是，力顾所言有余，而识不足。)

注释

①荀奉倩：荀粲。

②裴令：裴楷。

译文

荀粲和妻子的感情极深。冬天妻子得病发烧，他便到庭院里冻自己，回来后用身子给妻子解热。妻子死了，荀粲不久也去世了。他因此被世人所讥讽。荀粲说："女人有德行不值得称赞，应当以相貌为主。"裴楷听了后说："这是顺口说的，不是崇尚大德的话，希望后人不要被这话迷惑了。"

六

王安丰妇常卿安丰[①]。安丰曰：妇人卿婿，于礼为不敬[②]，后勿复尔。妇曰：亲卿爱卿，是以卿卿。我不卿卿，谁当卿卿？遂恒听之。

注释

①王安丰：王戎。

②古时对年龄、地位低于己者可称卿。

译文

王戎妻常称王戎为"卿"。王戎道："妻子称丈夫为卿，在礼节中为不敬，以后不要这样称呼了。"妻子说："亲你爱你，因此称你为卿。我不称你为卿，谁应称你为卿？"王戎只好随她叫下去。

仇隙第三十六

二

刘玙兄弟少时为王恺所憎[1]，尝召二人宿，欲默除之。令作坑，坑毕，垂加害矣。石崇素与玙、琨善[2]，闻就恺宿，知当有变，便夜往诣恺，问二刘所在。恺卒迫不得讳，答云：在后斋中眠。石便径入，自牵出，同车而去。语曰：少年，何以轻就人宿？（刘璨《晋纪》曰：琨与兄玙俱知名，游权贵之间，当世以为豪杰。）

注释

①刘玙兄弟：刘玙、刘琨。

②石崇：见《汰侈》八条刘注。

译文

刘玙兄弟年轻时为王恺所憎恶，曾召二人来过夜，想悄悄地除掉两人。王恺叫人挖坑，挖好了坑，就要加害他们了。石崇一向与刘玙、刘琨要好，听说他们到王恺处住宿了，知道会有意外，便夜访王恺，问二刘在哪儿。王恺因石崇来得突然不好隐瞒，回答："在后斋里睡觉。"石崇便径直进屋，亲自拉着他们，同车离去。他说："年轻人，为什么随便到别人家过夜呢？"

三

王大将军执司马愍王[①]，夜遣世将载王于车而杀之，当时不尽知也。(《晋阳秋》曰：司马丞字元敬，谯王逊子也。为中宗相州刺史，路过武昌，王敦与燕会。酒酣，谓丞曰：大王笃实佳士，非将御之才。对曰：焉知铅刀不能一割乎？敦将谋逆，召丞为军司马，丞叹曰：吾其死矣！地荒民解，势孤援绝。赴君难，忠也，死王事，义也。死忠与义，又何求焉？乃驰檄诸郡，丞赴义。敦遣从母弟魏乂攻丞，王廙使贼迎之，薨于车。敦既灭，追赠骠骑，谥曰愍王。）虽愍王家，亦未之皆悉，而无忌兄弟皆稚。(《无忌别传》曰：无忌字公寿，丞子也。才器兼济，有文武干。袭封谯王，卫军将军。）王胡之与无忌[②]，长甚相昵。胡之尝共游，无忌入告母，请为馔。母流涕曰：王敦昔肆酷汝父，假手世将。(《司马氏谱》曰：丞娶南阳赵氏女。《王廙别传》曰：廙字世将。祖览、父正。廙高朗豪率。王导、庾亮游于石头，会廙至。尔日迅风飞帆，廙倚船楼长啸，神气甚逸。导谓亮曰：世将为复识事。亮曰：正足舒其逸耳。性倨傲，不合己者面拒之，故为物所疾。加平南将军，薨。）吾所以积年不告汝者，王氏门强，汝兄弟尚幼，不欲使此声著，盖以避祸耳。无忌惊号，抽刃而出，胡之去已远。

注释

①王大将军：王敦。

②王胡之：王廙之子。

译文

王敦俘虏了司马丞后，夜里派王廙把司马丞载在车上杀了，当时知道这事的人很少。即便是司马丞家，也不是都知道这件事，而司马无忌兄弟还都小。王胡之和司马无忌长大后极为亲近。王胡之曾和他一起游玩，司马无忌进屋去告诉母亲，请给准备酒菜。母亲流泪道："王敦过去残酷地对待你父亲，就是通过王廙干的。我之所以好多年不告诉你，是因为王氏家族强盛，你们兄弟还小，不想把事情闹大，为的就是避祸。"司马无忌吃惊地号哭着拔刀而出，王胡之已走出很远了。

五

王右军素轻蓝田[①]，蓝田晚节论誉转重，右军尤不平。蓝田于会稽丁艰[②]，停山阴治丧。右军代为郡，屡言出吊，连日不果。后诣门自通，主人既哭，不前而去，以陵辱之。于是彼此嫌隙大构。后蓝田临扬州，右军尚在郡。初得消息，遣一参军诣朝廷，求分会稽为越州，使人受意失旨，大为时贤所笑。

蓝田密令从事数其郡诸不法，以先有隙，令自为其宜。右军遂称疾去郡，以愤慨致终。（《中兴书》曰：羲之与述志尚不同，而两不相能。述为会稽，艰居郡境。王羲之后为郡，申慰而已。初不重诣，述深以为恨。丧除，征拜扬州。就征，周行郡境，而不历羲之。临发，一别而去。羲之初语其友曰：王怀祖免丧，正可当尚书，投老可得为仆射。更望会稽，便自邈然。述既显授，又检校会稽郡，求其得失，主者疲于课对。羲之耻慨，遂称疾去郡，墓前自誓不复仕。朝廷以其誓苦，不复征也。）

注释

①王右军：王羲之。蓝田：王述，见《文学》二十二条刘注。

②丁艰：指父或母丧。

译文

王羲之一向轻视王述，王述晚年声誉渐高，王羲之尤为不平。王述在会稽内史任上遭丁艰，在山阴治丧。王羲之代王述为会稽内史，屡次说要去吊唁，连着几天也没去。后来去了通报进去，主人开哭之后，王羲之连门都没进就走了，以此来凌辱王述。于是彼此间的仇怨更大了。后来王述任扬州刺史，王羲之还在会稽任职。刚得到消息，即派一个参军去朝廷，请求将会稽分出来为越州。这位参军接受了旨意却没办成事，大为人们所笑。王述密令从事查到王羲之在会稽郡中种种不法的事，因先前已有仇怨，便叫王羲之自己看着应该怎么办。王羲之便称病辞职，在愤慨中度过了余生。